한 게으른 시인의 이야기

한 게으른 시인의 이야기

최승자

ㄴㄴ> <ㄷㄴ

1989년 출간된 첫 판본은 총 3부로,

1976년부터 1989년까지의 기록이었다.

2021년 출간하는 새 판본은 총 4부로,

1995년부터 2013년까지의 기록이 추가되었다.

차 례

1부
배고픔과 꿈

2부

헤매는 꿈

3부

한 게으른 시인의 이야기

4부
모든 물은 사막에 닿아 죽는다

1부

배고픔과 꿈

다시 젊음이라는 열차를

20대 중간쯤의 나이에 벌써 쓸쓸함을 안다. 깨고 나면 달콤했던 예전의 쓸쓸함이 아니고 쓸쓸함은 이제 내 머릿골 속에서 중력을 갖는다. 쓸쓸함이 뿌리를 내리고 인생의 뒤켠 죽음의 근처를 응시하는 눈을 갖는다. 어떤 거대한 힘에 의해 보이지도 않게 조금씩 망가져가고 있는 기분이 들기 때문이다.

내가 살고 있는 이 땅의 거대한 타의他意—오로지 물욕만을 따라 외곬로 뻗어가는 광기, 조직과 이데올로기를 앞세우고 돌진하는 무서운 능력, 그 아래에서도 끝없이 이어지는 아브라함과 이삭의, 이삭과 야곱의 모든 살붙이들의 선량하고 괴로운 관계 등 그런 모든 것이 합세하여 내 운명의 세포조직을 만들고 그 모든 것이 어우러져서 내 인생과 운명의 배후에서 후렴처럼 비가 되어 내린다. 그 빗속에서 내가 꿀 수 있는 꿈이 자꾸 줄어들고, '인간답게'라는 가치 기준이, 진리가 자꾸 모호해져간다.

그래서 때로 한 10년쯤 누워 있고만 싶어질 때가 있다. 모든 생각도 보류하고 쉽게 꿈꾸는 죄도 벗어버리고 깊이깊이 한 시대를 잠들었으면.

그러나 언젠가 깨어나 다시 시작해야 할 때의 황량함, 아아 너무 늦게야 깨어났구나 하는 막심한 후회감이 나를 잠들지 못하게 한다. 결국 그 거대한 타의의 보이지 않는 폭력에 당하지 않기 위해서는, 최소한 인간답게 죽어질 수 있기 위해서는 대항해서 싸우는 필사의 길밖에 없음을 알기 때문이다. 그래서 한밤에도 나는 이를 갈며 일어나 앉는다. 끝없이 던져지고 밀쳐지면서 다시 떠나야 하는 역마살의 청춘 속에서, 모든 것이 억울하고 헛되다는 생각의 끝에서, 내가 깨닫는 이 쓸쓸함의 고질적인 힘으로, 허무의 가장 독한 힘으로 일어나 앉는다.

잠들지 않고 싸울 것을, 이 한 시대의 배후에서 내리는 비의 폭력에 대항할 것을, 결심하고 또 결심한다. 독毒보다 빠르게 독보다 빛나게 싸울 것을. 내가 꿀 수 있는 마지막 하나의 꿈이라도 남을 때까지.

싸움에의 그 무슨 고독한 의지가 나를 키워주는지, 살

려주고 죽여주는지. 그것을 따라 다시 나는 젊음이라는 열차를 타려 한다. 내가 잠시 쓸쓸해져서 슬며시 내려버렸던 그 열차를. 인생의 궤도를 다시 시작하기 위해, 싸워가면서 사는 법, 살아야 하는 법을 철저히 배우기 위해. 공부하듯이…… (1976)

배고픔과 꿈

엄마 일 가는 길에 하얀 찔레꽃
찔레꽃 하얀 잎은 맛도 좋지.
배고픈 날 가만히 따먹었다오.
엄마 엄마 부르며 따먹었다오.

—〈찔레꽃〉 노랫말

착한 아기 잠 잘자는 베갯머리에
어머님이 사다주신 과자 한 봉지
먹어봐도 먹어봐도 배는 안 불러.

—〈가을밤〉 노랫말

예전에도 그랬지만 서른이 다 된 지금에도 나는 가끔 이 두 노래를 부른다. 배고픔만큼 강한 공감을 일으키는 것도 없다. 이 노래를 부르다보면, 전혀 엉뚱한 곳에서 연유한 나의 슬픔이, 배고픔이 가진 공감력을 타고 한두 방울의 눈물로 발산됨으로써 조금 진정되는 것이다. 그래서 나는 전혀 배고픔에 시달리는 형편도 아니면서 이 노래들을 가끔씩 부른다. 그런데 최근에 나는, 앉은 채로 그대로 쓰러져 잠들게 하는 이런 배고픔과 슬픔의 노래가 아닌, 배고픔과 꿈의 실화, 물론 배가 고프므로 슬프지만 꿈이 있기에 힘찬 실화를 알게 되었다.

가난한 두 친구가 있었다. 조각가 지망생이며 노씨 성을 가진 친구를 우리는 로댕을 본따 노당이라 불렀고, 회화를 하며 정씨 성을 가진 다른 한 친구를 우리는 그가 좋아하는 브라크를 본따 정낙구라고 불렀다. 두 친구는 소도시에서 고등학교를 졸업하고서, 물론 붙어봐야 등록금 내기도 힘들었겠지만, 어쨌든 국립대학 시험을 치르고 거기서 낙방한 뒤 몇천 원씩을 손에 들고 무작정 상경한 친구들이었다. 그나마 뛰어난 재능이 있었기에 그들은 어느 화실 주인의 호의로 그곳에서 학생들을 보조로 지도해주면서 화실 뒤편, 칸막이를 해놓은 곳에서 살 수 있었다. 그러나 화실 주인으로부터 고정된 액수의 돈을 받는 것도 아니었고 잠잘 자리를 얻은 것만도 고마워해야 할 처지였으므로, 그들은 늘 배가 고팠다. 하루에 대개는 라면 한 개, 그리고 독지가가 있는 날엔 두 끼 정도. 그리하여 그들은 그야말로 배고픔에 시달리면서 살았다. 모두가 돌아간 어느 날 밤 그들은 먹을 것이 없을까 하며 화실 안을 온통 뒤졌다. 물밖에 없었다. 잠이 들면 배고픔이야 잊히겠지만 잠도 오지 않았다. 그들은 화실 뒤 시장 골목으로 나갔다. 노점들은 모두 닫혔고 골목 안엔 인적이 끊겼다. 그때 바스락거리는 소리. 쥐새끼였다. 발에 힘을 주고서 그들은 동시에 쥐를 덮쳤다. 요행히 노당의 오른발에 정확하게 맞은 쥐로부터 노당의 얼굴에 피가 튀어올랐다. 노당이 오른발을 뒤로 물렸다. 정낙구가 그것을 집어들었다. 그리고 침묵. 또다시 바스락거리는 소리. 그리하여 세 마리를 잡았다. 화실로 돌아간 그들은 그 쥐들을 전기 곤로에 구워 먹었다.

그런 배고픔에 시달리면서, 그러나 그들의 배고픔만큼이나 요지부동인 예술의 꿈 하나로 자존심을 버티면서, 그들은 몹시도 배고픈 밤이면 시장 뒷골목에서 쥐를 잡아먹고 살았다. 누가 믿겠는가, 서울 거리에서 누군가가 배가 고파 쥐를 잡아먹었다면? 그들이 그 배고픔의 이야기를 할 때, 물론 나는 그들의 배고픔을 이해했고 그래서 슬펐지만, 한편으로는 그들이 가진 그 탐욕적일 정도의 꿈과 그 배고픔이 혹시 어떤 상관관계를 갖고 있는 것이 아닌가 생각하며, 꿈의 배고픔, 혹은 배고픔의 꿈 같은 것을 느꼈다. 진정으로 훌륭한 예술이란 어쩌면 어떤 배고픔, 아니면 그것의 다른 얼굴인 어떤 꿈을 가장 절실하게 표현해놓은 것이 아닐까.

(1980)

산다는 이 일

인간은 즐거움을 먼저 발견했을까, 아니면 괴로움을 먼저 발견했을까?

때때로 불안이 나의 목을 조른다. 그럴 때면 벽에 붙은 마야콥스키의 사진이 담배 연기를 내뿜으며, "죽는 수도 있어, 죽는 방법도 있어"라고 말한다. 나는 로르카를 힐끗 바라본다. "죽임을 당하는 방법도 있긴 있지"라고 그는 말하지만 목소리는 들리지 않고 그의 입술도 움직이지 않는다. 이윽고 나는 파베세를 생각한다. 산다는 이 일, 산다는 이 수수께끼로 물불 안 가리고 괴로워했던 그를. 그러면 불안이 한번 더 거세게 나의 목을 조른다. 이러고 누워만 있으면 안 될 것 같은 느낌, 당장 바람 부는 거리로 나가 정처 없이 쏘다녀야만 할 것 같은 느낌. 그러나 나는 내 목을 조르는 불안의 모가지를 한 손으로 비틀어 쥔 채 여전히 누워 있기만 한다.

그리고 물론, 아니 그럼에도 불구하고 아무 일도 일어나지 않는다. 다만 기억이 있을 뿐이다. 머릿속에서 살아 있는 세포처럼 움직이면서 사고와 행동을 통제하는 미세한 병균들, 기억의 병균들이 썩어가는 시간의 분해물질과 뒤엉켜 악취를 뿜고 있을 뿐이다. 나는 진흙탕에 빠진 사람처럼 시간의 밑바닥에 한 마리 벌레로 누워 수없이 많은 밤을 꼼지락거린다. 때로 진흙탕 물이 위험수위에 육박하여 내 목구멍 근처까지 올라오면 내 정신은 자구책을 강구한다. 과거도 현재도 미래도 없는 방법적 비몽사몽의 지역, 깊고 그윽한 시간의 궁창(다른 사람들 눈엔 시궁창으로 보이겠지만)으로 빠져든다. 그것은 우리가 익히 알고 있는 시간 위에 존재하는 것이 아니기에 아름답다. 방법적 꿈은 과거도 현재도 미래도 갖고 있지 않고, 따라서 기억도 상처도 못 이룰 희망도 갖고 있지 않다. 나는 그 존재하지 않는 시간의 향기로운 사탕발림 속에서 내가 공상으로 절여두었던 맛있는 것들을 한 입씩 꺼내 먹는다. 그렇게, 과거를 가진 기억과 시간 밖에 존재하는 방법적 비몽사몽 사이에서 나의 정신은 진자운동을 거듭한다.

그리고 물론 아무 일도 일어나지 않는다. 만년필은 서랍 안에 녹슨 채 그대로 들어 있고, 새 울음소리는 책갈피 속에 더러더러 끼어 있고, 닫힌 책과 열린 책 사이로, 말하는 입과 듣고 있는 귀 사이로 시간은 허망하게 빠져나가고, 담배와 커피와 외로움과 가난과 그리고 목숨을 하루종일 죽이면서 나는 그대로 살아 있기로 한다. 빙글빙글 넉살 좋게 웃으며 이대로, 자꾸만 틀린 스텝을 밟으며 이대로.

말하자면 나는 애초에 내 인생을 눈치챘다. 그래서 사람들이 희망을 떠들어댈 때에도 나는 믿지 않았다. 불확실한 희망보다는 언제나 확실한 절망을 택했다. 그러나 애초에 나는 내가 백조라고 믿었다. 그래서 사람들이 미운 오리 새끼라고 손가락질할 때에도 나는 속으로 코웃음만 친다. 그리고 잡균 섞인 절망보다는 언제나 순도 높은 희망을 산다. 생각해보면, 우우, 지겹고 지겹다. 눈 가리고 절망하기, 눈 가리고 희망하기, 아옹! 아옹!

그럼에도 불구하고 정신은 괴로운 기억들과 즐거운 방법적 꿈 사이를, 눈 가린 절망과 눈 가린 희망 사이를 시계추처럼 왔다갔다하는 습성을 버리지 못하고. 그럼 어떠냐, 뻗을 대로 뻗어라, 네 팔자로 뻗어라. 어차피 한판 놀러 나왔

으니까, 신명 풀리는 대로 놀 수밖에, 신명 안 풀리면 안 놀 수밖에. (1981)

시를 뭐하러 쓰냐고?

시를 뭐하러 쓰냐고? 글쎄 그럼 시를 뭐하러 안 쓰지? 뭐 하기 위하여 시를 안 쓰는 것은 아닌 것처럼, 뭐 하기 위하여 시를 쓰는 것은 아니라고 말한다면 나는 다른 시인들로부터 엉덩이를 걷어차일는지도 모른다. 종로 같은 큰길을 나다닐 땐 꼬리를 잘 감추고 다녀야지, 느닷없이 걷어차이지 않도록.

내 인생은 언제나 예감 혹은 암시에 앞이마가 얻어터지고, 기억에 뒷덜미를 물렸다. 앞으로도 얻어맞고 뒤로도 얻어맞고, 겉으로도 얻어맞고 속으로도 얻어맞았다. 흥, 내가 동네북인 줄 아느냐. 얻어터지기만 하는 게 괴로워서 나는 정말로 내 머리통을 뽀개버리고 어디론가 도망가버리고 싶었다. 최악의 불길한 예감과 찰거머리 같은 뻰뻰스러운 기억으로부터 도피하기 위하여 나는 내 머리를 폭파해버리고 싫었다. 그리고 무엇보다도 당신들, 나에게 괴로움과 상처를 가했던 사람들, 그리고 내 편에서 괴로움과 상처를 가했던 사람들, 나의 슬픔과 괴로움을 알고 있는 모든 사람에게로, 과거의 시간 속으로, 되돌아갈 수만 있다면 되돌아가 나는 당신들의 발꿈치의 때라도 핥으면서, 나를 학대하지 말아달라고, 나를 용서해달라고 빌고 싶었다.

그러나 난 이제 정말로 지겹고 정말로 지쳤다. 나는 자유롭고 행복하게 살고 싶다. 당신들은 아직도 내게서 받을 빚이 남아 있다고 생각할는지 모르지만 나는 오랜 세월 동안 꼬박꼬박 피나게 이자를 물어왔다. 하지만 영원히 본전을 갚을 수 없는 것이라면, 갚는 게 불가능한 것이라면, 나는 차라리 과감히 이자도 본전도 줄 수 없다고, 떼어먹겠다고 선언하겠다. 나는 이제, 결코 나의 피눈물 나는 돈을 당신들에게 한푼도 주지 않을 것이다. 당신들은 내 머릿속에서 찰거머리처럼 내 피를 빨아먹고 살아왔다. 나는 갚을 만큼 갚았다. 나는 감히 당신들의 본전을 떼어먹을 것이다. 당신들 찰거머리들을 내 머릿속에서 없애버리기 위하여 내 머리통 자체를 없애버리는 일이 생기지 않도록, 나는 당신들께 돈을 지불할 수 없다는 파산 선고를 스스로 내리고 당신들로부터, 그리고 궁극적으로는 나 자신으로부터 떠나갈 것이다.

그러나 영영 떠나버리지는 않을 것이다. 다만 내 머릿속에서 무서운 거머리의 형상으로 존재하는 당신들을 꺼내어 저 아름다운 맑고 깨끗한 외부 세계로 되돌려줄 것이다. 기다려라, 그때까지. 내 기억의 피를 빨아먹는 찰거머리들이여, 내가 너희들을 어여쁜 인간의 모습으로 회복시켜줄 때까지. 그리하여 나 자신이 회복될 때까지.

그래, 나는 너무도 오랫동안 나의 내부만을 들여다보았다. 몇 년간을 한자리에 꼼짝 않고 주저앉아서 썩어가는 웅덩이만을 들여다보았다. 때로는 그 썩은 웅덩이 위로 푸른 하늘 한 점이 맑게 비치고 날아가는 새들의 날개도 보였지만 그건 언제나 붙잡을 수 없는 허깨비였다. 그리고 무엇보다도 나는 잡으려고 손을 뻗치지도 않았다. 나는 한자리에서 너무도 오랫동안 오직 썩은 웅덩이 하나만을 바라보면서 미동도 하지 않는 귀신 꼴이 되어가고 있었다. 그러나 나는 이제 이 자리를 뜨고 싶다. 눈길을 돌리고서 슬금슬금 자리에서 일어나고 싶다. 너무 오랫동안 주저앉아 있어서 뻣뻣하게 굳은 다리를 펴고서 다른 곳을 향해 걸어가고 싶다. 움직이고 싶다. 다른 많은 것을 보고 싶다. 내가 아닌 다른 아름다운 것들을. 썩은 웅덩이로부터 눈을 들어올리기만 하면 저 들판과 길에 나도는 수많은 아름다운 것이 내 눈의 수정체 속으로 헤엄쳐 들어오고 어느 순간 나는 엉덩이를 탈탈 털고 일어나 걷기 시작할 것이다. 나는 지금 그 순간을 꿈꾸고 있다. 내가 첫발을 떼어놓는 그 순간을.

그러니까, 언제나 내 꿈을 짓밟아오기만 한 인생아, 마지막으로 한판만 재미있게 잘 풀려줄래? 그러면 그다음에 내가 고이 죽어줄게. 꽃처럼 피어나는 모가지는 아니지만, 고이 꺾어 네 발밑에 바칠게. 이번에도 네가 잘 풀려주지 않으면 도중에 내가 먼저 깽판 쳐버릴 거야. 신발짝을 벗어서 네 면상을 딱 때려줄 거야. 그리고 절대로 고이 죽어주지 않을 거야. (1981)

도덕 하는 사람들

한 선배의 이야기가 생각난다. 그는 지방 대학에서 불문학 강의를 하고 있는데, 어느 날 학생들에게 스탕달의 『적과 흑』의 주인공인 쥘리앵 소렐이라는 인물에 대해 리포트를 써 오라는 과제를 내주었다. 마감일이 되어도 학생 중 3분의 2 정도가 리포트를 제출하지 않자 그는 강의 시간에 공개적으로 그 이유를 물었다. 그러자 학생의 대답이, 쥘리앵 소렐을, 그래도 그 소설의 주인공인데, 나쁜 놈이라고 해야 할지 아니면 좋은 놈이라고 해야 할지 정확히 판단할 수 없기 때문에 리포트를 쓸 수 없었다는 것이었다.

또 한 이야기가 있다. 내가 시골에서 국민학교를 다니던 시절에 일어난 일이다. 어느 날 우리 반에서 누군가가 소액의 돈(아마도 눈깔사탕이나 빵 같은 것을 하나 사 먹기에 족한 돈이었으리라)을 도둑맞았다. 아이들은 저마다 나는 안

그랬는데 누가 그랬을까 하며 야단들이었고, 그래서 급기야는 돈을 훔쳐간 아이가 누구인가를 밝혀내고 그 아이에게 호된 벌을 줘야 한다는 결론이 내려졌다. 그리하여 범인이 아직 밝혀지지 않은 채 범인을 밝혀내는 일과 범인을 처벌하는 일이 동시에 행해졌다. 그런데 그 일이란 게, 그것의 실제적 결과는 미신과도 같은 맹랑한 것이었지만 그 일을 행하는 아이들의 마음가짐은 대단히 혹독한 것이었다. 그것은 시냇가에서 미꾸라지 한 마리를 잡아와 그 미꾸라지의 눈을 바늘로 찌르면 돈을 훔쳐간 아이의 눈이 멀게 되어 그 아이가 범인이라는 게 밝혀지고 그와 동시에 그것이 나쁜 짓을 한 아이에 대한 징벌이 된다는 것이었다. 대부분의 아이들은 못된 짓을 한 아이에게 통쾌한 벌을 준다는 흥분으로, 그리고 한편으로는 미꾸라지의 눈을 찌르면 정말로 그 아이의 눈이 멀게 될까 하는 궁금증으로 짜릿짜릿하게 달아올라 있었다. 그리하여 우리 중의 누군가가 정말로 미꾸라지를 잡아왔고 우리 중의 누군가가 정말로 미꾸라지의 눈을 바늘로 찔렀다.

첫번째 이야기는, 비록 그 선배는 내게 다른 뜻에서 그 이야기를 한 것이었지만, 사람들은 범상치 않은 일이 눈앞에 나타나면 그것이 가치 있는 것인가 무가치한 것인가, 유익한 것인가 해로운 것인가, 선한 것인가 악한 것인가, 무죄인가 유죄인가를 끊임없이 판단하려 한다는 것을 보여준다.

두번째 이야기는 도덕은 자기 자신을 존재케 하고 보존케 하는 기존의 가치체계로서 그리고 그 가치체계의 룰rule과 율律로서 비도덕적인 것, 반도덕적인 것, 부도덕한 것에 대하여 끊임없이 징벌과 처벌을 가하려 한다는 것을 보여준다.

도덕은 자신의 가치체계의 정통성을, 따라서 새로운 가치나 자신의 율에 어긋나는 가치에 대해서는 비정통성을 주장하고, 자신의 정당성을, 따라서 상대방의 부당성을 주장함으로써 자기 보존과 자기 수호의 속성을 굳히고, 그리하여 상대적으로 도덕적이지 않은 모든 것에 강경하고 경직된 태도를 취한다. 기존의 도덕률은 마치 합법적 정통성 위에 세워진 전권을 부여받은 최고 권력구조와도 같아서, 그 권력에 위배되는 것을 반역으로 몰아붙인다. 그리고 대다수의 민중은 기존 도덕률의 보이지 않는 강압적인 힘을 정당하다고 인정하며 거기에 맞추어 자신이 부도덕하지 않다는 것만으로 이미 자신은 도덕적이라고 믿으면서 도덕의 기득권 아래 편히 안주하려 하고, 때로는 기존의 도덕에 브레이크를

거는 새로운 가치체계의 사람들에게 서슴없이 벌을 선고한 다. 그들은 자기 자신의 안정된 위치를 지키기 위하여, 자기 자신이 불안스럽고 혼란스럽게 되지 않기 위하여, 도덕의 카리스마적 특성을 이용하여 도덕 자체를 의식의 무기로 만들 수도 있다. 그리하여 기존의 가치체계 너머에 혹은 그 바깥에 있는 사람들과 새로운 가치의 정립자들, 혹은 새로운 가치를 몸소 실행하는 자들에게 공격의 화살을 퍼붓는 것이다. 특히나 대중의 입김이 공식적인 힘을 얻을 수 있고 그 힘으로 강제력을 발휘할 수도 있는 현대에 이르러서는 대중의 경직되고 편협한 가치관에 따른 대중 의식의 전체주의가 문제될 수도 있을 것이다. 한 시대 전체가 혹은 한 집단 전체가 그러한 고착되고 경직된 가치체계를 내세우고 그것에 의하여 보이지 않는 혹은 실제적인 힘을 행사할 때 어떤 비극이 일어날 수 있는지를 우리는 역사나 문학작품 속에서도 이따금 보게 된다.

이러한 도덕의 횡포한 경직을 막기 위해서는 끊임없이 새로운 가치, 새로운 가치관을 도덕에게 수혈해주지 않으면 안 된다. 물론 그러한 새로운 가치관은 시대가 변함에 따라 자연스럽게 저절로 생겨날 수도 있다. 그러나 한 시대를 이미 앞서 보고 새로운 가치를 주장하거나 몸소 행했던 사람들에게, 당대의 사회와 당대의 대중은 흔히 자신의 안정된 도덕적 기득권의 와해를 두려워하여 강경한 도덕적 단죄를 하거나 이단의 낙인을 찍는다.

그러나 한편으론, 도덕이란 게 물론 한 집단의 대다수가 되도록 행복하게, 되도록 탈없이 살아가기 위하여 하나의 정신적 규범으로서 의지해야 할 바이긴 하지만 그 싹은 여전히 개인의식의 혹은 개인 양식의 계보 속에서 찾아내야 하지 않을까? 결국 한 가치는 인간이 자신이 살아온 삶을 정당하게 그리고 정직하게 재고 평가함으로써(평가하지 않는 한 가치는 태어날 수 없다) 생겨나는 것이며, 그것은 또한 자신이 살아온 것에 비추어 자신이 살아가야 할 바의 지표를 정하기 위하여 생겨나는 것이 아닐까? 가치는 선험적으로 혹은 만고불변으로 존재하는 것이라기보다는 우리의 삶에 대한 평가 작업에 의해서 '태어나는' 것이다. 따라서 가치는 우리의 평가 활동의 방향에 따라서 달라질 수도 있다. 그러므로 어떤 인간, 어떤 일에 기존 도덕률의 이름으로 성급하게 유죄를 선고하는 것은 부당한 일이다. 결국 무엇이 도덕적인가, 무엇이 비도덕적인가 하는 물음의 '무엇이'는 삶이 정당하게 그리고 정직하게 요구하는 바에 따라 변할 수밖에 없다.

가령 너새니얼 호손의 『주홍글씨』를 보자. 간통죄를 범한 여주인공 헤스터 프린은 간통을 뜻하는 'A'라는 글자를 평생 가슴에 달고 살도록 선고받는다. 소식이 없다가 변성명을 하고 돌아온 그녀의 남편은 자기 아내와 간통을 범한 딤스데일 목사에게 복수하기로 결심한다. 은밀히 딤스데일 목사에게 접근하여 그의 주치의가 된 헤스터의 남편은 가뜩이나 도덕적 비난을 두려워하며 죄의식에 시달리는 목사에게 모진 정신적 고문을 가한다. 몇 년 뒤 숲속에서 우연히 딤스데일 목사를 만나게 된 헤스터 프린은 그의 너무도 쇠약해진 모습에 놀라, 그에게 그의 주치의가 실은 자신의 남편이라는 것을 알리고 자신과 함께 다른 곳으로 도망가자고 한다. 그제야 비로소 딤스데일 목사는 생기를 되찾고 삶의 의욕을 되찾는다. 그러나 두 사람의 탈출은 남편의 방해로 성공하지 못한다. 그리하여 어느 아침 딤스데일 목사는 처형대에서 죽음을 맞이하는데 그때 그의 드러난 가슴엔 주홍글씨가 선명하게 새겨져 있었다. 그것은 그가 죄인임을 나타내는 상징이지만, 그것은 이미 도덕이나 기독교에 대한 죄가 아니라 딤스데일 목사 자신에 대한 위선, 자신에 대한 불성실의 죄라고도 할 수 있을 것이다. 결국 유죄 선고를 받고 처형대에서 죽어가긴 하지만 그는 자기 자신에 대한 불성실이라는 죄로 죽어간 것이라고 말할 수도 있다. 반면에 헤스터 프린은 비록 주홍글씨를 몸에 달고 살아야 했지만 자신이 죄인이라고는 결코 생각지 않았다.

한 인간의 행동에 서로 모순된 판단을 불러일으키는 것은 가치관의 차이일 것이다. 그리고 사람에 따라서는, 기존 도덕률에 의해 유죄 선고된 새로운 가치관을 몸소 행복하게 실현함으로써 그 가치관의 옳음을 보여주거나 혹은 기존 도덕률의 응징에 따라 스스로 철저하게 파멸함으로써 그 기존 도덕률이 썩어 있음을 보여줄 수도 있으리라. (1982)

성년成年으로 가는 여행

그 지겨웠던 고3 시절. 실컷 놀 수도 없거니와 놀아도 마음은 편치 않던 그 시절. 나와 내 친구가 좋아했던 작가는 장용학과 최인훈과 잭 케루악이었다. 특히 잭 케루악은 우리의 우상이었다. 그의 소설의 주인공 딘 모리아티처럼 (구속 많은 학교를 벗어나) 마음대로 하염없이 떠돌아다니고 싶었기 때문인지도 모른다. 그래서 우리는 그의 『노상에서』에 자주 나오는 구절, "모든 게 개차반이야"를 노상 입에 달고 다녔다.

그러나 어쨌든 그 1년을 지나, 마침내 우리는 대학입시를 치렀다. 그러나 그 지겨운 수업, 수업시간들로만 이루어졌던 한 세월이 마침내 끝나긴 했지만, 또다른 시작의 문이 열릴 것인가 말 것인가는 아직 미지수였다. 분명 어디로부터인가는 떠났으되 아직 어디인가에는 도착하지 않은, 두 발이 허공에 붕 떠 있는 듯한 미정의 시간들. 합격자 발표가 나기 전까지의 그 지루하고 불안한 기간 동안 나와 내 친구는 밖에서 자주 만났고, 그러던 어느 날 둘 다 집엔 연락도 하지 않은 채 대전행 그레이하운드 고속버스에 올라탔다. 우리에겐 돌아올 차비도 없었다. 대전엔 나의 외삼촌이 살고 계셨으므로 거기서 차비를 얻어 돌아올 셈으로 그냥 올라탔던 것이다.

우리가 고속버스에 올랐을 때는 겨울의 빨리 지는 해가 저물고 이미 모든 네온사인에 불이 켜진 뒤였다. 서울의 휘황한 불빛을 뒤로하고 버스는 자꾸만 짙어져가는 어둠 속으로 빨려들어갔고, 겨울 안개까지 조금씩 차오르기 시작할 무렵엔 줄기차게 떠들어대던 우리의 얘기도 점차 줄어들었다.

조그만 도시들을 지날 때 외엔 창밖은 아주 캄캄했고, 다만 고속도로를 달리는 차들의 헤드라이트만이 간간이 비추일 뿐이었다. 게다가 안개가 점점 더 깊어가, 버스는 느릿느릿 달리고 있었다. 그것은 안개 낀 어둠의 바다였다. 그 안개 낀 어둠의 바다 한가운데서 우리는 이제 완전히 대화를 끊고서 각자의 생각에 깊이 잠겨 있었다. 우리는 나란히 그러나 따로따로 앉아, 고속도로가 아니라 캄캄한 시간의 무한대를 달리고 있었다. 아니 달린다기보다는 막막한 무한 허공 위에 떠 있는 것 같았다.

이윽고 대전의 불빛이 점점 더 가까이 점점 더 밝게 다가왔고, 마침내 우리는 대전역에 내렸고, 약간의 활기와 대화를 되찾았다. 하지만 곧장 외삼촌댁으로 가지 않고 그 추운 날씨 속에서 우리는, 짙은 안개에 휩싸여 아주 묽은 점액질처럼 흐리게 빛나는 시가지의 불빛을 헤치며 마치 두 마리의 눈먼 물고기처럼 오래도록 유유히 그러나 암담하게 헤엄쳐 돌아다녔다.

나의 외삼촌 집이 있는 골목 입구에 이르렀을 때엔 꽤 늦은 시각이었고 안개는 자꾸자꾸 불어나 이젠 지척을 분간하기 어려울 정도였다. 마치 안개에 포위당한 것 같았다. 골목 안에선 사람의 소리도 들리지 않았다. 골목 안으로 몇 발자국 들어갔을 때 친구가 "나 오줌 마려워"라고 말했다. 내가 "나도"라고 말하면서 우리는 동시에 치마를 올리고 앉아 오래 참았던 오줌을 누기 시작했다. 인기척이라곤 전혀 없는, 완전히 안개에 점령당한 그 늦은 밤의 골목 안에서 우리의 오줌 누는 소리만이 우리 귀에 커다랗게 들렸다. 몇 시간 참은 오줌이 아니라 한 3년간 밀리고 밀린 오줌을 누는 것 같았다. 볼일을 다 보고 함께 일어서면서 친구가 내게 "시원하지"라고 말했다. 나는 대답 대신 씨익 보이지 않는 미소를 띠었다.

그러나 나는 그날 밤 시원하지 못했다. 몸살이 나려는지 몸이 으슬으슬 떨리고 아파 뒤척이기 시작했던 것이다. 육체와 정신이 동시에, 잠 속으로인지 병病 속으로인지 점점 더 깊이 빨려들어가는 동안, 바깥 골목으로부터 끊임없이 안개가 대문을 넘어 마루를 넘어 방문을 넘어 우리의 이부자리 속까지 파고들었고, 그뒤를 따라 눈으론 보이지 않는 그러나 귀로는 분명히 들리는 바다가 철썩거리며 골목으로부터 대문을 넘어 우리의 이부자리 속까지 밀려들어와 내 몸과 정신을 속속들이 적셔놓고 있었다. 온밤 내 비몽사몽간에 뒤척이면서 나는 안개와 철썩이는 소리의 바다에 실려 어느 기슭으론가 하염없이 실려가고 있었다.

그 기슭이 바로 성년의 기슭이었음을, 나는 다음날 친구와 함께 서울로 돌아오던 버스 속에서 어렴풋이 깨달았고, 그 며칠 뒤에 우리는 각기 대학 합격의 소식을 들었고, 그리고 각자의 새로운 시작을 시작하기 시작했다. (1983)

맹희 혹은 다른 눈眼

맹희의 본래 이름은 명희이다. 맹희는 아이가 맹하다고 해서 사람들이 붙여준 이름이다. 그녀는 시골에서 함께 자라고 함께 국민학교를 다녔던 내 친구이다.

맹희는 보통 애들보다 키가 큰 편이었지만 여리고 가녀린, 그래서 음지식물 같은 느낌을 주는 아이였다. 맹희는 보통 사람들과 똑같은 육체를 갖고 있었지만, 말하자면 기형이나 불구는 아니었음에도 불구하고, 보통 사람들에겐 뭔가 기형적이고 불구적인(그러나 내겐 이상하게도 신비스러운) 느낌을 주었다. 그것은 주로 그녀의 눈 때문이었다. 그녀의 눈동자는 몹시 파랬고, 눈의 모양과 구조 자체는 남들과 다를 게 없었지만, 다만 그 초점이 항시 분명치 않았다. 어떤 대상을 바라볼 때 그녀의 두 눈은 그 대상에 초점을 맞춘다기보다는, 그러니까 눈길을 곧바로 그 대상에 집중시킨다기보다는, 자신의 눈빛을 올올이 풀어 그 대상의 주위에 흩뜨려놓는 것 같았다. 그래서 그녀가 뭔가를 골똘히 바라보고 있을 때면 그녀의 눈에서 푸른 안개가 풀려나와 그녀의 시야 속에서 여러 사물 사이를 떠돌고 있는 것처럼 보이고, 그래서 사물들은 조금씩 흔들리면서 확실하고 굳건한 제자리에서 이탈하기 시작하는 듯 보였다.

맹희는 한없이 착하고 말도 별로 없었지만, 그러나 일단 자기 생각이 옳다고 믿어지면 조금도 굽힐 줄 몰랐다. 그것은 격렬한 저항은 아니었지만, 바람에 허약하게 흔들리면서도 그러나 그 바람이 그칠 때까지는 결코 꺾이지 않으면서 그 흔들림을 멈추지 않는 풀잎의 몸짓과도 같은 것이었다.

10리쯤 떨어진 학교까지 가는 데엔 두 가지 길이 있었다. 국도를 따라 가는 길은 보다 편하고 안전했지만 시간이 더 걸렸고, 산을 넘어서 가는 길은 시간이 적게 들지만 대신 길이 험했다. 그래도 우리는 대개 시간이 적게 걸리는 산길을 택하곤 했다. 물론 비나 눈이 많이 올 때는 국도로 갔지만. 그런데 산길로 해서 가자면, 길이 험하다는 것 외에도 언제 나타날지 모르는 한 가지 위험이 도사리고 있었다. 산길로 가려면 한 산골 마을을 지나쳐야만 하는데, 그 마을엔 아주 사나운 벙어리 아저씨가 살고 있었다. 그 당시엔 이상하게도, 별다른 이유 없이 아이들을 야단치거나 때리는, 이를테면 벙어리 아저씨나 호랑이 할아버지 같은 이름을 가진 무서운 사람들이 어느 마을에나 한 명씩은 있었고, 게다가 직접 보지는 못했지만, 보리밭 속에 숨어 있다가 아이들을 잡아먹는다는 소문 속의 무서운 나환자가 많았다. 그런데 그 산골 마을의 벙어리 아저씨는 유달리 사나워서 등굣길이나 하굣길의 우리를 이따금씩 괴롭혔던 것이다.

그날도 우리는 그 마을을 지나쳐 가고 있었는데, 일 나가는 중인지 낫을 손에 든 그 벙어리 아저씨가 갑자기 우리를 뒤쫓아오기 시작했다. 우리는 뛰기 시작했지만 결국 벙어리 아저씨가 우리를 따라잡았고, 우린 꼼짝 못하고 선 채 그가 낫을 휘두를까봐 몹시 떨고 있었다. 벙어리 아저씨는, 우리로선 도무지 그 이유를 알 수 없었지만, 우리에게 몹시 화가 난 것 같았다. 어쨌거나 벙어리 아저씨는 살기등등한 기세로 앞에 버티고 서서 우릴 놓아주지 않았다. 그때 맹희가 너무도 침착한 얼굴로 벙어리 아저씨 앞에 나섰다. 그녀는 말은 한마디도 없이 다만 눈빛과 손과 몸 전체로 뭔가 얘기하기 시작했다. 그녀가 손을 이리저리 흔들고 손가락을 까딱거리기도 하면서 온몸으로 얘기하고 있는 동안 벙어리 아저씨의 굳은 표정이 서서히 풀리기 시작했다. 맹희의 눈빛과 손짓과 몸짓이 실제로 무슨 뜻을 나타내는 것인지, 그리고 그 뜻을 벙어리 아저씨가 제대로 이해한 것인지는 알 수 없었지만 어쨌든 벙어리 아저씨는 이제 싱긋 웃기까지 했다. 그리고 맹희의 머리를 한번 가볍게 쓰다듬고서는 우리가 지나가도록 길 한쪽으로 비켜섰다. 그래서 그날 우리는 무사히 학교에 도착했다.

이런 일도 있었다. 우리 반에서 도난 사건이 일어났다. 도난당한 물건은 아주 조그맣고 깜찍한 볼펜이었다. 그 당시 우리는 볼펜이나 만년필은 거의 구경도 못했고, 연필, 그것도 지우개가 달리지 않은, 그래서 앞과 끝을 똑같이 깎아 번갈아가면서 쓰는 그런 연필이 유일한 필기도구였다. 선생님이 벌을 주지는 않을 테니까 훔쳐간 사람은 나오라고 했지만 범인은 끝끝내 나오지 않았다. 그래서 이번엔 아이들 속에서 제 나름대로 방법을 강구했다. 그 조그마한 시골 어린이 사회에도 이른바 정의로운 처벌이라는 게 있었다. 시냇가에서 미꾸라지를 한 마리 잡아와 그 한쪽 눈을 바늘로 찌르는 게 그것이었다. 그러면 훔쳐간 아이가 미꾸라지의 찔린 눈과 같은 쪽 눈이 멀게 되는데, 그것이 바로 범인을 밝힘과 동시에 범인에 대한 정의로운 처벌이 되는 것이었다. 반 아이들 모두가 거기에 찬성이었다. 정말로 눈이 멀까 하는 호기심과 더불어 정말로 그것이 이루어지는 기적과도 같은 일을 보고 싶다는 마음이 아이들을 사로잡았던 것이다. 그중에서도 A라는 아이는 유독 큰 소리로, 정말로 눈을 멀게 해야 한다고 외쳤다.

그런데 단 한 사람, 맹희만이 거기에 반대했다. 그녀는 눈이 멀면 어머니 아버지도 보지 못하고 동생도 보지 못하니 슬픈 사람이 된다고, 그러니 그것은 좋지 못한 일이라고 했다. 그러고 보면 맹희는 정말로 꼭 그렇게 되리라고 믿어 의심치 않았던 모양이다. 그러나 A는 남의 물건을 훔친 자는 마땅히 그런 벌을 받아야 한다고 이상하리만큼 크게 소리쳤는데 실제로 그걸 믿지는 않는 것 같았다. 맹희는 "그러면 안 돼"라고 고개를 가로저으면서 말했다. 그리고 맹희는 A의 호주머니에 가만히 손을 넣었다. 잠시 뒤에 손을 빼고서 맹희는 다시 힘주어 "눈을 멀게 하면 안 돼"라고 말했다. 그러고는 제자리로 돌아가, 그 푸른, 부유하는 듯한 눈길로 창밖만 멍하니 바라보았다. 나중에 알고 보니 도난당한 물건은 바로 A의 호주머니 안에 들어 있었다.

우리가 살던 그 시골 마을의 공식 이름은 용담龍潭이다. 그러나 보통은 비룡수飛龍水라 불린다. 그 마을엔 역시 비룡수라고 불리는 깊은 물이 있다. 두 방향에서 흘러온 개울물이 만나는 곳이었다. 산모퉁이를 끼고 나 있는 국도 10여 미터 아래로 비룡수는 깊고 고요하게, 그리고 흐르지 않는 듯이 흐르고 있었다. 두 개울이 만나기 전의 물빛은 바닥의 모래가 다 보이는 투명한 빛이지만 비룡수에 이르러서는 바닥 모를 짙푸른 빛이 된다. 내 기억에 의하면 한강물보다 더 파랗다. 정말로 용 한 마리가 살고 있는 듯한 곳이다. 그리고 해마다 그곳에서 인근 마을 사람들 중 하나가 빠져 죽는 사고가 생겼다.

겨울방학 때였다. 방학중의 소집일이라 함께 학교에 갔던 맹희와 나는 길이 미끄러워 위험한 산길을 피해 국도를 따라 집으로 돌아오고 있었다. 몹시 추운 날씨였다. 얼음이 꽁꽁 언데다가 간밤에 눈까지 내려, 평평한 도로인데도 조심조심 걸어야 했다. 비룡수 모퉁이를 돌 때였다. 그 모퉁이만 돌면 우리 마을이 눈앞에 나타나므로 거의 다 온 셈이었다. 저 밑으로 꽁꽁 언, 그리고 그 위가 흰 눈으로 뒤덮인 비룡수가 내려다보였다.

춥긴 했지만 맑은 날씨였고 태양이 바로 머리 위에서 빛나고 있었다. 갑자기 맹희가 "저기 보석이 있다" 하고 외쳤다. 그녀의 손가락 끝은 눈 덮인 비룡수 표면의 어느 한 부분을 가리키고 있었다. 과연 그곳은 찬란한 빛으로, 그야말로 보석처럼 빛나고 있었다. 나는 그것이 햇빛이 눈에 반사되는 것임을 금방 알았다. "그건 햇빛이야"라고 내가 말했지만 맹희는 그게 보석이라고 굳게 믿었다. "저것 봐, 저렇게 반짝반짝 빛나잖아"라고 그녀는 말했다. 그러고는 그곳을 향해 내려가기 시작했다. 그뒤를 따라 내려가며 나는 그녀를 말렸지만 맹희는 아랑곳하지 않았다. 너무도 어이가 없어서 나는 도중에 멈춰버리고 말았다. 드디어 얼음이 꽁꽁 언 물 표면 위에 내려선 그녀는 나를 향해 고개를 돌리고는 "이상해, 보석들이 자꾸 달아난다"라고 외쳤다. 그러고는, 얼음이 꽝꽝 얼어붙었으므로 그녀는 안심하고 그 달아나는 보석을 잡으려 계속 나아갔다. 그러나 맹희가 한 발자국 나아가면 그 보석도 한 발자국 더 달아났다. 그녀는 그 찬란한 보석을 잡으려 자꾸만 걸음을 옮겼고 그러다 결국 물에 풍덩 빠지고 말았다. 물 한가운데는 살얼음만 껴 있었던 것이다. 간밤에 눈이 오지 않았더라면 그게 살얼음인 줄을 눈으로 보아도 알았겠지만, 표면이 다른 부분들과 똑같이 흰 눈에 덮여 있었으므로 마음 놓고 발을 내디뎠던 것이다. 그 추운 물속에서 바둥거리던 맹희는 그러나 다행스럽게도 주위의 굳은 얼음판을 붙잡고 물속에서 빠져나올 수가 있었다.

그녀는 빛나는 것은 모두가 보석이라고 믿었고, 그것은 그녀가 보통 사람들과는 다른 눈을 갖고 있었기 때문인지도 모른다. 그러나 아주 오랜 세월 뒤에 나 역시 빛나는 것은 모두 보석이라고 믿게 되었다. 이를테면 아이들의 티 없는 환한 웃음 역시 보석인 것이다.

그뒤 나는 그 마을을 떠나왔고 맹희를 까맣게 잊고 지냈다. 하지만 어느 날 문득 기억 속에서 한 빛이 흔들리기 시작하고, 그 빛의 배경이 흔들리기 시작하고, 그 배경 속에서 어렴풋이 한 모습이 점차 되살아나기 시작하는 일이 있다. 그것이 내겐 바로 맹희이다. (1983)

죽음에 대하여

한 5년 전쯤 겨울, 출근길에서였다. 아주 추운 날씨였는데, 달리는 버스 안에서 나는 창밖을 내다보고 있었다. 어느 정류장에선가 버스가 섰을 때, 나는 마침 내 어머니가 그 정류장을 스쳐지나가는 것을 보았다(나는 집을 나와 혼자 살고 있었고 오랫동안 어머니를 만나보지 못했을 때였다). 어머니는 이른 아침에 무슨 볼일이 있는지 종종걸음으로, 그리고 가끔씩 고개를 들먹거리는 것으로 보아 추운 날씨에 기침을 콜록거리면서, 어딘가를 향해 계속 걷고 있었다. 그때 내 어머니의, 버스 안까지 소리는 들리지 않지만 그러나 내 귀엔 분명하게 익숙하게 들리는 그 신발 끄는 소리를 환상으로 들으면서 나는 왠지 슬며시 불안해지는 마음을 막을 수가 없었다. 어머니는 집에서 신는 슬리퍼를 신고 계셨다. 나는 버스에서 뛰어내려 엄마, 하고 불러볼까 했지만, 벌써 출근 시간에 늦었는데 또다시 지체할 수가 없어 그대로 버스 안에 서 있을 수밖에 없었다. 승객이 내리고 새 승객이 타는 동안 어머니의 모습은 자꾸만 작아지다가 내 시야에서 사라지고 말았다. 이윽고 버스가 떠났지만 내게 등을 돌린 채 고개를 숙이고 종종걸음으로 걸어가는 왠지 쓸쓸한 어머니의 뒷모습과, 내 귀에만 분명하게 들리는 그 신발 끄는 소리는 계속 사라지지 않았다. 출근해서도 오전 내내 내 머릿속에서 어머니는 내게 완고하게 등을 돌린 채 고개를 숙이고 한없이 걸어가고 있었다. 한없이 내게서 멀리, 내가 알지 못할 곳으로, 아득히 손닿지 않는 곳으로, 지구의 반대편으로, 영원히 되돌아오지 않을 듯이.

자꾸만 멀어져가는 어머니의 등뒤에 대고 내가 아무리 고함을 질러도 그 소리는 들리지 않고, 대답 대신 고즈넉이 신발 끄는 소리만, 간간이 콜록거리는 소리만 들릴 뿐이었다. 그때 나는 이 세상에서도 다시는 내 어머니를 만날 수 없을 것 같은 불안감과 불안한 슬픔에 휩싸였고, 어렴풋하게나마 내 어머니가 돌아가셨을 때 바로 이런 감정을 느끼게 되지 않을까 하고 생각했다. 그러나 그때까지 가까운 사람의 죽음을 단 한 번도 보지 못했었고, 그리고 언제나 (불효스러운 말이지만) 내가 어머니보다 먼저 죽을 거라고(나는 내 어머니가 장수할 타입이라고 믿었다) 거의 확신하고 있었던 나는 어머니가 돌아가신다는 것을 상상할 수가 없었고, 어쨌거나 그다음에 어머니를 다시 만나게 되었을 때 그러한 느낌은 완전히 사라져버렸다. 그런데 어머니가 돌아가신 지 2개월 반이 된 지금, 다름아닌 바로 그때 어머니의 뒷모습과 그 신발 끄는 소리가 되살아나 언제나 내 머릿속 한구석을 점령하고 있다.

내 머릿속에서 어머니는 한없이 걸어가신다. 내게 등을 돌린 채 말없이 고개를 숙이고서, 점점 작아지면서 멀어지는, 그러나 결코 내 시야에서 아주 사라지지는 않는 그 뒷모습. 그리고 이 지구 한편을 고즈넉이 울리며 걷는 그 신발 끄는 소리. 그래서 가끔은 어머니가 지구 반대편으로 그렇게 끝없이 걸어가 마침내 지구를 한 바퀴 돌아, 내게 등을 돌렸던 바로 그 지점까지 되돌아와서 조용히 내 문을 두드리며 "얘야, 내가 돌아왔다" 하고 말씀하실 것 같은 환상에 사로잡히기도 한다. 그럴 때의 내 어머니는 내게 뒷모습만 보이며 한없이 걸어가는 게 아니라 내 앞에 가만히 되돌아와 선 채 정면으로 나를 향해 밝고 환하게 웃는 모습이다.

벌써 한 해가 다 저물었다. 그리고 이제, 벌써 한 해가 다

저물었다고 말할 수 있을 만큼은 여유가 생겼다. 아니 한 해가 다 지나갔다기보다 차라리 내가 느끼는 것은(이것은 또한 초조함이 아닌 사후의 여유에서) 내 반평생이 다 지나갔다는 것이며, 그것보다는 차라리 한 여자의 한평생이 결코 다시 되돌아올 수 없이 다 지나가버렸다는 것이다. 내 어머니는 영원한 마침표를 찍었으며, 조만간에 그녀가 살았던 한 문장 전체가 차례차례 지워져나갈 것이다. 그 길고 아, 그러나 너무도 너무도 짧고, 지루하고 지겹고 고달프고 안간힘 써야 했던 한 문장이, 쓰일 때보다 몇억 배 빠른 속도로 지워져 마침내 텅 빈 백지만 남으리라. 그뒤엔 이윽고 그 백지마저 없어져 남아 있는 것이라고는 그녀가 살았던 문장의 문장 없는 마침표 하나, 지구상의 외로운 표적 하나, 그녀의 무덤 하나만이 남을 것이다. 그리고 그녀를 묘사하거나 설명하는 그 어떠한 동사도 이제는 모두 과거형을 취하리라.

사실 이것은 이제는 초조함이 아닌 여유이다. 이미 끝나버린, 이미 다 이루어진 비극 뒤의 허탈한 여유, 끝났으므로 다시 시작할 수 있는 여유. 그리고 죽음 앞에서 비로소 죽음의 환상을 깨뜨릴 수 있는, 깨뜨리고 난 뒤의 여유. 죽음 앞에서 비로소 숨을 가다듬고 살아야 할 명분과 살아야 할 힘을 얻어내는 이 부조리한, 뻔뻔스러운, 비인간적인, 그러나

지극히 인간적인 여유.

사람은, 가령 물에 빠져 죽을 때 같은 경우엔, 자신이 살아온 한평생을 한순간의 비전 속에 다 보게 된다는 말을 어디선가 들었던가 읽었던 적이 있다. 그런데 내가 체험한 바로는, 사람은 가장 가까운 사람의 죽음을 통해 자신의 지나간 삶을 아주 짧은 한순간에 마치 영화의 한 장면처럼 지극히 선명한 영상으로 보게 되고, 그러고도 살아야 할 앞날에 대한 어떤 본능적인 계획을 한순간의 청사진으로 보게 되는 것 같다. 물론 그 청사진은 오랜 혹은 짧은 시간 뒤에 또다시 변경될 수 있는 것이긴 하겠지만. 말하자면 가까운 사람의 죽음은 살아 있는 한 인간의 시각을 충격적으로 교정시켜줄 수도 있는 것이다. 나의 어머니가 돌아가신 지 두 달 반이 되었고 그동안 그 충격에서 헤어나지 못해, 밖에서는 오히려 의식적으로 더 잘 웃고 더 잘 떠들면서도 혼자가 되기만 하면 멍청하니 슬픈 생각들의 진창에 푹 빠진 채 누워 있기만 했고, 그러나 그 와중에도 모든 게 소리 없이 달라지기 시작했음을 이제 나는 느낀다.

어머니의 죽음을 통해, 내가 이전에 죽음에 대해 품고 있었던 막연한 환상, 어떤 해결 혹은 해답에 대한 기대가 깨져버렸다. 나의 그러한 환상이나 기대는 어쩌면, 비록 종교적인 내세는 아닐지라도 어떤 내세를 무의식적으로 상정하고 있었기 때문에 생긴 것인지도 모르고, 어쩌면 사람이 정말로 죽는다는 것을 내가 결코 정말로 알지는(혹은 짐작하지는) 못했기 때문에 생긴 것인지도 모른다(마치 내 친구가 임신하여 배불뚝이가 되어 다닐 때에도 그 친구가 아이를 낳으리라는 것을 실감하지 못했고, 그래서 그 친구가 해산한 뒤 전화로 딸을 낳았다고 알려주었을 때 놀라서 정말로 낳았느냐고 몇 번이나 물었던 것처럼). 그리고 내가 그리도 오랫동안 죽음에 환상과 기대를 품어왔던 것은 내가 나의 삶에서 충분한 만족감을 얻지 못했기 때문인지도 모른다. 그러나 어쨌든 간에 나는 실제의 한 죽음을 통해, 죽음은 아무런 해답도 주지 못한다는 것을 분명하게 보았다. 죽음은 다만 한 문제 자체를 도중에 종결시켜버릴 뿐이며, 더 나아가 그 문제엔 해답이 없을지도 모르며, 더 더 나아가 아마도 그런 문제 자체가 존재하지 않을지도 모른다는 것을 나는 깨달았다. 이전엔 죽음이란 내게 막연하게나마 어떤 관능과 연결된 것이었다. 집요한 불면 끝에 어느새 가볍고 감미롭게 찾아드는 달콤한 잠처럼, 혹은 보다 적극적으로는 고통의 절정에서 느끼는 쾌락처럼, 죽음은 깊고 짙고 강렬하며 무르익은 관능과 연결된 것이었다. 죽음은 언제나 유혹처럼 감미롭게 찾아드는 '다른 손길'이었다. 그러나 죽음이 결코 그렇지 않다는 것을 나는 내 어머니의 죽음을 보고 느꼈다. 그것은 현실적이고 비참하며, 피할 수만 있다면 온 힘을 다해 도망가버리고만 싶은 무시무시한 것이었다. 또한 죽음은 내가 생각하듯 한순간의 뛰어오를 듯한 슬픈 희열 혹은 고통의 쾌락 같은 게 아니었다. 그것은 길고 지루한, 그러나 피할 수 없는 행사 같은 것이었다. 미리 계획하고 준비하고 곱씹어보고 그러고서 때가 되면 어쩔 수 없이 치러내야만 하는 의무적인 행사였다.

그러한 행사 절차 가운데에는 내가 여태껏 기대하고 있었던 감미롭고 관능적인 어떤 충족감, 해결감 따위는 없었다. 어쩌면 나는 삶의 편에서 죽음을 짝사랑해왔던 것인지도 모른다. 그러나 내 죽음의 관념은, 어머니의 실제의 죽음을 통해 죽임을 당했다. 그리하여 비로소 나는 그래도 내가 살아야 할 이유와 명분, 그리고 살아야겠다는 본능을 되찾은 것 같다. 어머니가 내게 남겨주고 간 유산이 있다면, 그것은 아마도 내가 갖고 있었던 죽음의 관념 혹은 죽음의 감각을 산산이 깨뜨려 나로 하여금 이 일회적인 삶을 똑바로 직시할 수 있게끔 해주고, 그와 더불어 살아야 한다는, 잘살아야 한다는 당위성과 용기와 각오를 갖게 해준 것이리라. 어머니의 죽음이라는 가장 큰 대가를 치르고서야 깨닫는다는 게 한심스럽고 한스러운 일이긴 하지만, 그러나 어쩌랴. 지금은 깨어지긴 했지만, 그리고 그 이유까지 말하고 싶진 않지만, 이전의 나는 내가 일찍 죽을 것이며 아마도 자살을 할 것이라는 고정관념을 갖고 있었다. 내가 머잖아 죽을 것이라는, 어떤 면에서는 유혹적이기도 했던 임박한 파멸의 느낌 앞에서는 아무런 진지한 계획도 세울 수 없는 게 당연하리라. 사실 그동안의 내 삶이 정처 없고 뿌리 없고, 정처 없음의 뿌리밖에 없었던 것은 나로서는 시간, 특히 미래의 시간이라는 것을 감지할 수 없었기 때문이다. 나에게 시간은 미래, 앞으로 흘러가는 게 아니라 뒤로 흘러가거나 아니면 지금 이 자리에 영원히 멈춰 있는 것이었다. 나는 1년 뒤 혹은 1년 뒤의 나라는 것을 내 몸과 정신으로 감지할 수가 없었다.

미래는 언제나 무無였다. 있는 것은 언제나 밑도 끝도 없는 수렁 같은, 막막한 현재뿐이었다. 미래의 지평을 확신할 수 없는, 느낄 수 없는 자는 궁극적으로 현재 안에 매달리게 되고 현재 안에서 모든 게 해결되지 않으면 절망해버리고 만다. '지금 이루어지지 않으면 영원히 이루어지지 않는 것이다.' 마치 내일이란 것을 영원히 모르는 하루살이처럼. 그러니 하루살이에게 무슨 계획이 있겠는가? 그러나 어머니의 죽음을 통해 나는 비로소, 1년이나 2년 혹은 반평생이나 한평생 따위의 시간을 내 몸과 정신으로 헤아리고 그 부피와 질량을 느낄 수 있게 되었다. 그것은 어떤 면에선 꿋꿋하게 발을 딛고 설 수 있는 튼튼한 기반을 얻은 것과 마찬가지이다. 시간의 부피 혹은 질량의 감각적 획득을 통해 한 인간이 두 발로 서서 앞날을 조명해볼 수 있는 공간 면적을 획득한 것이다. 그러므로 이제야말로 조심스럽게 행복의 가능성을 타진해봐야 되지 않을까 하는 생각이 들거니와, 그것이 내 어머니의 뜻일 것 같기도 하다. 내가 행복의 가능성을 기꺼이 굳세게 믿지 못했던 것은 그 가능성이 너무도 작고 여린 반면 불행의 가능성은 상대적으로 너무도 단단해 보였기 때문이기도 하겠지만, 어쩌면 내 시각 자체가 너무도 굳고 경직되어 있었기 때문인지도 모른다. 이제 나는 무차별적 불행의 이상화 대신에 선택적 행복의 실천을 위해 노력하고 싶다. 사실 죽음과 관능은 어쩌면 서로 떨어진 독립적인 게 아니고 한 동전의 앞뒤와 같은 것인지도 모른다. 파괴의 쾌락은 노력하기만 한다면 생산의 쾌락으로 변할 것이라는 낙관론을 나는 조심스럽게 그리고 뒤늦게나마 믿고 싶고, 믿으려 노력할 것이다. (1983)

떠나면서 되돌아오면서

얼마 전부터 정신이 저 혼자서 하루종일 무엇인가를 찾고 있는, 아니 하루종일 무엇인가를 기다리고 있는 날이 점점 더 많아졌다. 그것이 현실적인, 실제적인 일로 변형되어 아침부터 종일토록 석간신문이 오기를 기다리는 날도 많아졌다. 마치 조바심치면서 어떤 판결문의 낭독을 기다리는 사람처럼.

그러다가 마침내 석간이 오면 한 자도 빼놓지 않고 읽곤 했다. 그러나 아무리 읽어봐도 내가 찾는 것은 찾을 수가 없었고 내가 기다리는 것은 오지 않았다.

내가 찾는 것, 내가 기다리는 것이 무엇인지 실은 나 자신도 알 수 없었다. 내가 불안하게 기다리고 있는 그것, 아니 나의 불안 자체가 명확하게 활자화되고 공식화되어 신문기사로 나타나길 바랐던 것인가.

그런데 어느 날 문득, 캘린더의 마지막 남은 한 장에 눈길이 갔고, 그것이 마지막 남은 한 장임을, 말하자면 한 해가 다 지나가고 있음을 의식으로써 의식했다. 그리고 그때 나는 '아, 바로 이거였구나' 하고 생각했다. 또 한 해가 다 갔다는 것을 먼저 알아차린 나의 무의식이, 그 사실을 나의 의식이 분명하고 명확하게, 공식적으로 접수하여 의식해주길 초조하게 기다린 것인지도 모른다는 생각이 들었기 때문이다.

그래, 또 한 해가 간다.

또 한 해가 간다고 말하면서 누군가가 하품 섞어 눈물을 찔끔거린다.

또 한 해가 간다고 말하면서 누군가가 숙면을 위한 한 잔의 술을 들고 잠자리에 눕는다.

그러나 누군가가 말하든 말하지 않든 또 한 해가 간다는 것을 증명하기 위해서 또 한 해가 간다. 1984년이 우리를 떠나는 것이다. 그러나 우리가 참으로 용감하다면 우리 편에서 먼저 1984년을 떠나야 할 것이다.

존 스타인벡은 우리가 어디를 향해 떠나는가가 중요한 게 아니라 우리가 어디로부터 떠나는가가 중요한 것이라고 말했다. 그러나 떠난다는 것은, 그것이 특히 정신적 현실로부터 떠나는 것일 때에는, 몹시 어렵다. 왜 떠난다는 것은 그처럼 어려운 일일까? 글쎄, 시인 이성복의 시(「다시 정든 유곽에서」)를 인용하자면, '철들면서 변은 변소에서 보지만 마음은 변 본 자리를 떠나지 못하'기 때문일지도 모른다.

만일 변 본 자리가 우리의 현실이라고 한다면, 그것을 왜 가볍게 떠날 수가 없는가. 그것은 떠나기 전에 그 자리를 치워야 하는데, 그 치운다는 일이 겁나게 힘들고 어려워 그냥 그 자리에 퍼질러앉아 있고 싶기 때문일지도 모른다.

그러나 주저앉아 있는 것, 정지해 있는 것, 고여 흐르지 않는 것은 시간의 누적과 더불어 치유할 수 없을 정도로 단단히 굳어져버린다. 단단히 굳어져 하나의 질병이 돼버린다.

아가들은 저가 싸놓은 똥을 뭉개면서도 즐겁게 노래하지만 우리는 그것이 똥이라는 사실을 알고 있기 때문에 즐겁지 못하다. 그리고 아닌 게 아니라 때로는, 산다는 게 지저분한 오물들을 입안에 잔뜩 처넣고 있는 것처럼 느껴질 때가 있다. 삼킬 수도, 뱉을 수도 없이 입안에서 그 오물이 자꾸만 커져가는 듯하고, 그러한 느낌, 그러한 의식 자체가 우리의 숨통을 짓눌러오는 때가 있다. 그럴 때 우리는 우리가 퍼질러앉아 있는 그 자리에서 일단은 떠나야 한다는, 떠나야겠다는 생각을 하게 된다.

그러나 떠난다는 것은 무엇인가?

떠난다는 것은 결국 자기 자신에게로, 자기 자신의 현실 속으로 되돌아오기 위한 것이다. 끝과 시작처럼 떠난다는 것과 되돌아온다는 것은 하나이다. 자기 자신으로부터 떠남으로써 자기 자신에게로 되돌아오는 것이다.

그렇게 무수히 떠나고 무수히 되돌아오면서 많은 시간을, 그것도 대부분 괴로움과 불행의 시간을 바침으로써 우리가 얻게 되는 것은 어쩌면, 행복이란 별도로 존재하는 게 아니라 불행이 없는 것이 행복이라는, 조금은 쓴, 그러나 넉넉한 인식뿐일는지도 모른다. 아마도 인간은 상처투성이의 삶을 통해 상처 없는 삶을 살아가는 법을 배워야 하는 모순의 별 아래 태어났는지도 모른다. 상처 없는 삶과 상처투성이의 삶. 꿈과 상처. 그러나 그것이 우리의 일상을 더욱 굳건하게 받쳐주는 원리, 한 몸뚱이에 두 개의 얼굴이 달린 야누스의 원리이다.

인간은 강하되, 그러나 그 삶을 아주 떠나지는 못하고, 아주 떠나지는 못한 채, 그러나 수시로 떠나 수시로 되돌아오는 것일진대, 그 삶을 위해 우리가 무슨 노력을 하였는가 한

번 물으면 어느새 비가 내리고, 그 삶을 위해 우리가 무슨 노력을 하였는가 두 번 물으면 어느새 눈이 내리고, 그사이로 빠르게 혹은 느릿느릿 캘린더가 한 장씩 넘어가버리고, 그 지나간 괴로움의 혹은 무기력의 세월 위에 작은 조각배 하나 띄워놓고 보면, 사랑인가, 작은 회한들인가, 벌써 잎 다 떨어진 헐벗은 나뭇가지들이 유리창을 두드리고, 한 해가 이제 그 싸늘한 마지막 작별의 손을 내미는 것이다.

그러나 그 헐벗음 속에서, 그 싸늘한 마지막 작별 속에서 이제야 비로소 살아 있다고, 살아야 한다고 말할 차례일지도 모른다.

그리고 어느 시인이 말했듯 결국, '산다는 것은 사랑한다는 것이다. 그 말을 발음해야만 한다'. (1984)

가수와 시인

20세기 젊은이들에게 공통된 종교가 있다면 그것은 아마도 로큰롤일 게다. 야외에서 열리는 어느 록 그룹의 공연을 보기 위해 며칠 전부터 먹을 것과 침구를 싸들고 꾸역꾸역 몰려가는 모습을 언젠가 텔레비전에서 본 적이 있다. 그러한 열성은 이미 종교적인 것이고 그 행렬은 성지순례의 행렬과도 흡사해 보인다. 20세기 들어 방송매체와 음향기기와 음향 복제 기술에 힘입어 대중음악은 그야말로 국제적으로 막강한 공감대를 형성하고 있는 반면, 시는 상대적으로 더욱 위축되고, 그리하여 아주 오랜 옛날엔 분명 행복한 밀월을 즐겼을 시와 노래는 서로 너무도 멀어져버린 듯한 느낌이 든다.

그러나 그 두 영역의 가장 먼 가장자리에선 장르 간의 상호 침투 작용이 일어나고 있다. 시 쪽에선 시의 대중화 운동 혹은 현상이 줄기차게 이어지고, 노래 쪽에선 많은 록 시인rock poet들이 등장하였다. 특히 록 시인들의 등장은 어떤 면에선 음유시인들의 부활과도 같은 것이다. 아닌 게 아니라 예이츠, 파운드, 엘리엇, 오든, 로웰 등을 통해 모더니즘을 다루고 있는 한 책의 끝부분에선, '그러나 미래는 도노반, 밥 딜런, 로드 맥퀸(로드 맥퀸은 몇 년 전에 『현대시학』에 햇빛의 시인으로 소개된 적이 있다)과 같은 록 시인들에게 속할 것이라는 얘기도 있다'라는 말을 덧붙이고 있다. 한편으로 시는 그 고유의 독자성을 위해 스스로, 혹은 비디오와 오디오의 세계에 떠밀려 어쩔 수 없이 더더욱 전문화되어갈 것이고, 그러나 한편으론 아마도 끊임없이 대중화의 길을 모색할 것이다. 그리고 그 대중화의 길 어느 모퉁이에선가 시는 아마도 대중가요와 만날 것이다.

나는 어른들이라면 귀청 떨어지겠다고 귀를 틀어막을 시끄러운 곡들도 좋아하지만, 그에 못지않게 조용한 가수들도 좋아한다. 그중에서 가장 좋아하는 두 사람이 레너드 코언과 조르주 무스타키이다. 그러나 무스타키보다는 코언 쪽을 더 좋아하는데, 둘 다 깊은 서정성을 갖고 있지만 무스타키의 것이 보다 가벼운 혹은 밝은, 그야말로 서정적 서정성이라고 한다면, 코언의 것엔 긴장과 불안과 때로는 죽음의 맛이 깃들어 있기 때문이다. 그리고 고백하건대, 예전에 나는 내가 죽을 땐 코언의 노래를 들으며 죽고 싶다고 생각한 적이 있었다.

작년에 한 출판사로부터 코언의 시집을 번역해달라는 청을 받았다. 코언은 (지금은 알 수 없지만) 1972년까지 5권의 시집과 1권의 시선집을 냈다. 내가 부탁받은 것은 시선집이었다. 그러나 가장 쉬운 시 30편만 번역해놓고서 포기해버렸다(그의 초기 시에선 예수가 자주 등장하고, 그다음엔 히틀러와 괴벨스, 아이히만 같은 전범자들이 마치 강박관념처럼 자주 나타난다).

마침표도 없이 앞으로 이어지는지 뒤로 이어지는지도 모를 구절들, 평범한 사람의 상상력으로는 따라가기 힘든 그 부조리한(!) 환상들, 그 폭력과 음란함과 가학성과 피학성. 나는 내가 오역투성이의 번역을 할 것 같은 예감에 포기해버렸던 것이다. 그의 세번째 시집 『히틀러에게 꽃들을』엔 「Folk」라는 제목의 시가 있다.

> 히틀러에게 꽃들을이라고 여름은 하품했다
>
> 나의 새로운 풀밭 위의 꽃들을
>
> 그리고 여기 작은 마을이 하나 있다

사람들은 휴일을 위해 마을에 페인트칠을 하고 있다
여기 작은 교회가 하나 있다
여기에 집이 하나 있다
여기에 홀레붙는 개들이 있다
깃발들은 빨래처럼 환하다
히틀러에게 꽃들을이라고 여름은 하품했다.

또 「아이히만에 대하여 알아야 할 모든 것」이란 시가 있다.

눈: 보통
머리: 보통
체중: 보통
키: 보통
특징: 없음
손가락 수: 10개
발가락 수: 10개
지능: 보통
당신은 무엇을 기대했는가?
사나운 새 발톱?
특대호 앞니?

초록빛 침(타액)?

광기?

그리고 가장 짧은, 그러나 가장 아름다운 「30세」라는 시는 이렇다. (내가 이 시를 번역하지 않고 그대로 인용하는 것은 'find'라는 동사 때문이다. 물건처럼, 자신의 의지나 행동을 표현하지 못한 채 상대방의 눈에 문득 뜨이기만을 기다리고 있음을 보여주는 듯한 이 동사를 구체적인 한 단어로 꼭 집어 옮겨놓기가 나로서는 힘들기 때문이다.)

Marita

Please find me

I am almost thirty

(1984)

머물렀던 자리들

흔히들 '꿈 많은'이라고 표현하는 여고 시절에 나는 아무런 애틋한 감정도 갖고 있지 못하다. 아니 어느 편인가 하면 고교 생활이 갑갑하고 답답하다는 느낌만을 갖고 있을 뿐이다. 지금은 교복 자율화, 두발 자율화가 이루어져 괜찮겠지만, 날마다 풀을 먹여 빳빳한 칼라를 달고 다녀야 했던 일, 머리에 언제나 도마 핀을 꼽지 않으면 불량소녀로 취급받던 일, 학교에 출석한 이상은 하학종이 울릴 때까지 학교를 벗어날 수 없던 일, 지겨운 환경미화, 합창대회, 체육대회, 그 모든 게 내 지겨움의 근원이었다. 그래서 대학입시를 치르게 되었을 때엔 먼 자유의 나라로 가는 티켓을 얻기 위해 수속을 밟는 듯한, 오히려 즐거운 기분에 젖기까지 했다.

그러나 그토록 무미건조하고 갑갑하고 답답했던 내 여고 시절이라는 책 속에도 더러는 아름다운 기억들로 물들어 있는, 그래서 되찾고 싶은 마음을 불러일으키는 추억의 페이지들이 있다. 그것은 여고 시절에 처음으로 찾기 시작했던 어떤 장소들과 관련돼 있다. 대학을 나오고 사회생활을 하면서도 몇 년에 한 번씩 마음속에 바람 불고 비 내릴 때면 찾아가곤 했던 곳들이다.

학교 수업이 끝나고 저녁이 가까워질 무렵 곧장 집으로 돌아가는 대신, 경인선 열차를 타고 연안부두로 달려가는 일이 더러 있었다. 봄나무 가지에 물오르듯 많은 생각이 뻗쳐오르고, 여기가 아닌 다른 곳, 이것이 아닌 다른 것으로 향하는 마음들이 부글부글 끓어오를 때 열차를 집어타는 것이었다(당시엔 전철이 없었다). 그렇게 해서 부둣가에 닿을 때면 대개 해 떨어질 무렵이 된다. 멀지도 않은 수평선 속으로 서서히 가라앉는 붉은 해 덩어리, 그것을 바라보노라면 서글픈 마음이 들면서 한편으로는 후련하고 통쾌한 감정이 솟구치는 것이었다. 방파제에 늘어선 노점들 위엔 큰 조가비, 작은 조가비, 산호 들로 만든 기념품들이 쌓여 있고, 바다 쪽으로 시선을 고정시킨 채 따로 떨어져 천천히 걷고 있는 사람들 몇몇. 동전 몇 푼을 받고 망원경을 빌려주는 망원경 아저씨들. 그리고 무엇보다도 부둣가에 정박한 채, 울긋불긋

한 깃발들을 달고, 넘어가는 해의 마지막 붉은빛을 받으며, 출렁이는 바닷물결에 끊임없이 흔들리는 크고 작은 배들.

그 배들이 그토록 아름다워 보였던 것은 '일상으로부터의 떠남' '먼 곳으로의 여행'을 늘 예비하고 있었기 때문인지도 모른다. 그 부둣가에 서서, 가장 멀리로는 차츰 남빛을 띠기 시작하는 하늘 꼭대기와 그 밑의 불그스름하게 물든 하늘 밑바닥과 바다, 그리고 수많은 배가 물살에 밀려 흔들리는 풍경을 바라보면서 이따금씩 말라르메의 「바다의 미풍」이라는 시를 속으로 읊조리기도 했다.

육체는 슬프다, 아아! 그리고 나는 모든 책을 다 읽었구나.
달아나리! 저곳으로 달아나리! 미지의 거품과 하늘 가운데서
새들 도취하여 있음을 내 느끼겠구나!
어느 것도, 눈에 비치는 낡은 정원도,
바다에 젖어드는 이 마음 붙잡을 수 없으리,
오, 밤이여! 백색이 지키는 빈 종이 위
내 등잔의 황량한 불빛도,
제 아이를 젖먹이는 젊은 아내도.

나는 떠나리라! 그대 돛대를 흔드는 기선이여
이국의 자연을 향해 닻을 올려라!
한 권태 있어, 잔인한 희망에 시달리고도,
손수건들의 마지막 이별을 아직 믿는구나!
그리고, 필경, 돛대들은, 폭풍우를 불러들이니,
바람이 난파에 넘어뜨리는 그런 돛대들인가
종적을 잃고, 돛대도 없이, 돛대도 없이, 풍요로운 섬도 없이……
그러나, 오 내 마음이여, 저 수부들의 노래를 들어라!

그러나 몇 년 전 그곳을 다시 찾았을 때 나는 크게 실망하고 말았다. 조가비로 만든 장신구들을 팔던 방파제 위의 노점상들은 온데간데없고 그곳엔 술을 파는 포장마차들이 즐비했으며, 그 맞은편에는 다 죽어가는 물고기들이 흐느적거리는 수족관이 하나씩 달린 횟집들이 늘어서 있었다. 그뿐인가. 거기에 또 웬 여관들이 늘어서 있단 말인가. 그리고 길에는 웬 사람들이 그리 많은가! 개중에는 술에 취해 꽥꽥거리는 주정뱅이 아저씨들도 있었다. 이젠 못 올 곳이 되어버렸구나, 허탈해진 마음으로 발길을 돌리는데 부둣가의 배들만이 변함없이 먼 항해를 꿈꾸며 여전히 바닷물결에 출렁거리고 있었다.

여고 시절 내가 자주 찾았던 또 한 곳이 있다. 삼청공원. 내가 살던 동네를 경유하는 104번(그때도 역시 104번이었다) 버스를 타고 종점까지 가면 거기 삼청공원이 있었다. 거기 푸른 나무 그늘 밑의 테이블에 앉아 나는 오란씨 한 병을 천천히 비우면서 머릿속으로 무심한 생각들을 굴리거나, 간간이 들고 있던 책의 몇 페이지를 읽다가 눈을 들어 쨍쨍한 햇빛을 받아 반짝이는 나뭇잎들과 그 나뭇잎들 사이로 언뜻언뜻 비치는 하늘의 푸르름을 바라보곤 했고, 그러다 다시 무심한 생각들 속으로 가라앉곤 했다.

그러나 몇 년 전 그곳을 다시 찾았을 때에도 역시 실망하고 말았다. 옛날처럼 그렇게 고요하고 한가로운 곳이 아니었다. 수많은 사람의 수많은 움직임과 수많은 소리가 그 숲속의 공간을 꽉 채우고 있었다. 그리고 그 사람들 모두가, 정말로 나만 빼놓고는 모두가 쌍쌍이었다. 지겹기도 하고 약이 오르기도 하는 마음으로 거길 빠져나오면서 다시는 그곳을 찾지 않겠다고 다짐했다.

아주 최근에 나는 퇴근길에 두 명의 친구와 함께 그곳을 다시 찾아갔다. 겨울은 분명 물러났지만 봄은 아직 오지 않은 추운 날씨 때문인지, 그 밤 공원에는 우리 외엔 아무도 없었다.

아직 차가운, 그러나 상쾌하게 느껴지는 밤바람을 맞으며 카페의 2층으로 올라갔다. 야외 테이블은 텅텅 비어 있었고 2층에도 손님은 우리뿐이었다. 술을 파는 그곳엔 손님이 올 것을 예상해서인지 난롯불을 피워놓았고, 그 위에서 주전자의 물이 보글보글 끓고 있었다. 그러나 우리가 그곳을 나올 때까지 손님은 전혀 나타나지 않았다.

그 호젓한 공간을 독차지한 채 우리는 각자의 몫으로 맥주 한 병씩을 비우면서 이런저런 이야기들을 나누었고, 이따금씩 대화가 끊겨 침묵에 잠길 때면 밖에서 나뭇가지 끝을 흔들며 스쳐가는 바람소리와 계곡을 흘러내리는 가느다란 물소리에 귀기울이곤 했다. 물소리를 오래 듣고 있다 한 친구가 농담으로 "누가 밖에서 오줌 누나?" 하고 말하는 바람에 한바탕 웃음을 터뜨리기도 했다. 그날 밤 우리는 시간을 마시는 것인지 맥주를 마시는 것인지 모를 지경으로 아주 오랜 시간을 들여 맥주 한 병씩을 마시면서, 저 자연이 안겨주는 여유로운 감정들을 조금씩 되찾고 있었다. (1985)

2부

헤매는 꿈

나의 유신론자 시절

시골 마을에서 살던 어릴 적 나의 별명은 더펄개였다. 그 시절 시골 아이들은 대개 위생 때문에 머리를 짧게 깎았지만 나는 어깨 아래까지 머리를 기르고 다녔기 때문이다. 내가 살던 시골은 사람들의 성이 거의 같은, 이른바 씨족사회로서 윗말, 아랫말, 건넛말로 이루어져 있었다. 내가 긴 머리칼을 출렁거리면서 친구를 찾아 혹은 심부름으로 윗말에서 아랫말로 아랫말에서 건넛말로 달려갈 때면 사람들은 머리칼이 더펄거리는 것을 보고 멀리서도 그게 나라는 것을 알고 "저기 더펄개가 가는군" 하고 말했다.

야위고 못생긴 더펄개라는 소녀는 그 작은 마을에서 행복하게 살았다. 나이가 되자 10리 거리에 있는 국민학교에 다니기 시작했고, 그보다 앞서 건넛말에 있는 예배당에 다니기 시작했다. 나는 지금도 곧잘 찬송가를 흥얼거리곤 하는

데 내가 아는 찬송가는 모두 그때에 익힌 것들이다. 학교에서 자연스레 이루어지는 아이들 사회 말고는 시골 아이들에게 가능한 소위 사교계란 예배당밖에 없다. 주일날 아침 예배당에서 만나 서로 일주일간 지난 얘기를 하고 다음주 무슨 요일에는 어디로 나물 캐러 가자거나 혹은 어디로 미역 감으러 가자는 약속을 하기도 하고, 의자도 없이 맨바닥에 앉아서 "귀하고 귀하다. 우리 어머님이 들려주시던 재미있게 듣던 말 이 책 중에 있으니 이 성경 심히 사랑합니다" 같은 찬송가를 부르면서, 혹은 부활절이라든가 크리스마스 같은 날을 앞두고 어린이 행사 준비를 하면서, 시골의 남녀 아이들은 아직 확실치 않은, 그러나 분명 하나님이라고 불리는 어느 너그러우신 분의 품안에서 행복하고 순수하게 자라나는 것이다. 나 또한 그러했다. 그런데 그 행복한 시절이 어느 날 우연한 불의의 사고로 끝나버렸다.

예배당에서도 역시 더펄개라는 별명으로 통했던 나는 얼굴은 못생겼지만 그래도 대사를 비교적 실감나게 읊는 재주를 갖고 있어서 곧잘 어린이 연극에 주인공으로 결정되었다. 그것이 무슨 역이었는지는 지금 전혀 생각나지 않지만, 아무튼 나는 엄마가 서울에서 사다 주신 예쁜 간땅구(원피스)에 빨간 리본을 매고 흡족스러운 마음으로 몇 번이나 거울을 본 뒤에 드디어 예배당을 향해 집을 나섰다. 행여 엎어져 옷을 찢거나 흙을 묻히는 일이 없도록 조심하면서, 때로는 머리를 들어 겨울밤 하늘에 가득한 별들을 바라보면서 부푼 가슴을 진정시키기도 했다.

예배당이 가까워지자 예배당의 불빛은 다른 때와는 달리 잔칫날 불빛처럼 흥청거렸고, 그래서 내 가슴은 더욱 뛰기 시작했고, 내가 예배당 문을 열고 들어설 적에 사람들이 나와 나의 옷과 나의 리본을 보고 부러워하는 얼굴들이 환히 눈에 떠올랐다. 그런데 아뿔싸, 나는 너무도 흥분한 나머지 발을 헛디뎌 예배당 앞에 있는 작은 도랑 한가운데 빠져버렸다. 내 옷은 도랑의 진흙물에 엉망진창이 되어버렸고, 아름다운 프리마돈나의 환상 또한 엉망진창이 되어버렸다. 나는 일어나 예배당의 즐겁고 밝은 불빛을 말없이 오래 바라보다가 이윽고 그 엉망진창이 되어버린 꼴을 교회 친구들에게 보이고 싶지 않아 소리 없이 돌아서서 도로 집을 향해 터덜터덜 걷기 시작했다. 결국 크리스마스이브의 어린이 연극은 공연되지 못했다. 나는 그 이후 다시는 예배당 근처에도 가지 않았다. 그후 얼마 뒤에 나는 서울로 떠나왔다. 만일 그때의 그 단순하고 순수한 시절로 되돌아갈 수 있다면 아마도 지금보다 훨씬 더 행복할 것이라는 생각이 든다.

'문을 찾을 수 있어 그 앞에서 울 수 있는 자는 아직 행복하여라.(기유빅)' (1985)

호칭에 관하여

태어나 성장하고 늙어가는 그 인생행로에서 사람은 자신의 고유한 이름 외에 새로운 호칭에 여러 번 부딪히게 된다. 자신의 고유한 이름이 아닌 새로운 호칭들은 어느 날 누군가에 의해 처음으로, 그야말로 느닷없이 날벼락처럼 가해진다. 그리고 그 순간 사람들은 자신의 위치를 다시 생각해보게 된다.

내게도 그러한 순간들이 몇 번 있었다. 그중 최초의, 그리고 가장 강한 충격을 받았던 것은 내가 미스 최로 불린 순간이었다. 대학에 갓 들어갔을 때 우리 과의 한 노교수님이 날 미스 최라고 부르기 시작했던 것이다. 미스라는 호칭을 받아들일 정신적 태세가 되어 있지 않은 것은 둘째로 치더라도, 미스라는 호칭이 술집 여종업원을 부를 때처럼 뭔가 불순한 데가 있다고 생각했던 나로서는 몹시 당황할 수밖에 없었고, 내 살갗 위에서 이물질이 스멀스멀 기어가고 있는 듯한 심한 혐오감을 느껴야 했다.

그러나 그것도 잠시뿐 나는 곧 미스나 아가씨라고 불리는 것에 익숙해졌고, 얼마 뒤엔 과일가게 아저씨나 채소가게 아줌마에게 '아가씨인지 아줌마인지'라고 불리는 저 짧은 과도기를 지나 결국 확고한 아줌마의 시대로 접어들고 말았다. 그리고 내가 살아 할머니라는 말을 들을 수 있다면 그때까지 긴 세월 동안 나는 꾸준하게 역시 아줌마라고 불릴 것이었다. 그래서 나는 그 호칭을 수락하기로 했다.

"그래, 난 아줌마다. 아저씨 없는 아줌마다."

이런 호칭 외에도 내가 얼마간의 충격과 함께 받아들여야 했던 또하나의 호칭은 '선생님'이라는 호칭이었다. 언제나 선생님이라고 불러야 하는 입장이었던 내가 어느 날 갑자기 선생님으로 불리는 일을 당하고 말았으니 말이다.

그 일은 내가 첫 시집을 낸 얼마 뒤에 일어났다. 시집을 낸 뒤 아주 이따금씩 독자에게서 전화나 편지를 받기 시작했는데 그 편지나 전화 속에서 내가 선생님으로 불리게 되었던 것이다.

이번에는 충격과 더불어 어떤 정신적인 반성까지 치러야 했다. 그건 이제 내가 받아야 할 위치를 지나 어떤 식으로든, 그리고 내가 결국 줄 수 있든 없든 간에 주어야만 하는 위치로 옮겨와 있다는 반성이었다.

사람은 태어나 성장하면서 가족과 이웃과 사회 일반으로부터 많은 것을 무조건적으로 받게 되고, 그 받은 것을 밑받침으로 한 사람의 성인으로 성장하여 결국 어느 때엔가는 자신이 받은 만큼 주어야만 하는 입장에 처하게 되는 것이다. 그 사람의 능력과는 상관없이 인간이 해야 할 도리로서.

시 속에서나 현실 속에서나 나는 나 자신이 많이 받지 못했던 것에 앙심을 품고 있었던 사람이지만, 처음으로 선생님으로 불린(물론 그것은 단순한 사교적 호칭이었지만) 그 순간 나는 나 자신이 그동안 나를 둘러싼 세계로부터 마땅히 받아야만 했었을 것들을 얼마만큼 받지 못했든 간에, 이제 무조건적으로 받는 시기는, 그리고 못 받았다고 앙앙 우는 시기는 끝나가고 있다는 사실을 어렴풋이 눈치챘다. 그리고 그와 동시에 나 자신이 나를 둘러싼 세계에 무엇인가를 줄 만큼 성숙한 인간이 못 되었다는 사실에 내가 선생님으로 불렸다는 게 몹시도 거북스러웠다.

그러나 인간은 정말로 습관의 동물인지 그런 호칭으로 심심찮게 불리다보니 이제는 그것이 아무런 마음 켕김도

주지 않는 잘 길들여진 신발처럼 편안한 호칭이 돼버리고 말았다. (1985)

헤매는 꿈

몇 년 전인가, 아주 친한 한 친구로부터 농담인지 진담인지 모를 악담을 들은 적이 있다. 여행을 몹시 즐기며 활동적인, 그래서 나와는 성격이 딴판인 친구였는데, 그 친구가 움직이길 싫어하는 날 움직이게 할 양으로 몇 번인가 내게 함께 여행할 것을 권했다. 나는 매번 그러겠노라고 했지만 결국은 함께 떠나질 못했다.

그때마다 둘러댄 이유도 갖가지였지만 진짜 이유는 '귀찮아서'였다. 마지막 번에는 그 친구가 화난 목소리로 "이번엔 이유가 뭐냐?"라고 물었다. 그럴싸한 이유가 떠오르지 않아 얼결에 둘러댄 나의 대답은 "여행하는 것보다는 여행을 꿈꾸는 게 더 좋잖아?"였다. 친구는 기가 막히다는 듯, "에잇, 꿈에다 코를 처박고 죽어라"라는 말을 남기고 전화를 끊었다. 그리고 다시는 내게 여행 얘길 꺼내지 않았다.

그런데 그 친구가 알면 다시 악담을 퍼부을 일이 또하나 있다. 그것은 내가 서울을 떠나 한적한 곳에 아담한 집을 짓고 사는 꿈에 코를 처박기 시작한 일이다.

그 꿈은 처음에는, 어느 날 밤 우연히 꾸게 된 개꿈처럼 그렇게 허무맹랑하게 시작되었다. 어느 날 나는 내가 서울 근교에, 햇빛 잘 비치고 바람 잘 노닐고 초록 것들이 늘 눈에 보이는 그런 곳에 조그만 집을 마련하고, 이따금씩 서울에 올 일이 있을 때면 손수 자가용을 몰고 서울 나들이를 한다는 그런 공상을 했던 것이다. 물론 서울 근교에 땅을 마련할 돈도, 집을 지을 돈도, 자가용을 살 돈도 없으니, 순도 백퍼센트의 백일몽이었다.

그 꿈이 더욱 비현실적인 것은 자가용이라는 소도구 때문이었다. 손으로 하는 일엔 무엇에나 굼뜨고, 들고 있던 것을 얼결에 놓쳐버리기 일쑤인 내가 자가용 핸들을 잡는다? 그러다 사고를 내 누군가를 죽게 만든다면? 그런다면 나는 평생 죄의식에 시달리게 될 것이었다. 그래서 나는 그 꿈속에서 그리고 그뒤에 이어질 많은 꿈속에서 자기검열을 통해 자가용 부분을 삭제해버렸다.

그렇게 완벽한 공상으로부터 시작된 꿈이 그러나 서울 생활의 지겨움과 불안 속에서 좀더 구체적인, 좀더 현실적인 꿈으로 변하기 시작했다. 그 꿈들은 어느 날 어느 때 순간적으로 발화하여 얼마만큼의 기간 동안 내 정신 속에서 화려하게 타오르곤 했던 것이다.

이를테면 누군가가 "충무에선 어딜 가나 바로 곁에서 바다가 출렁거려요"라고 말했을 때, 내 마음은 철마다 조금씩 몸 색깔을 바꾸는 바다와 그 바다가 늘 곁에서 출렁거린다는 충무로 날아가 거기서 살기 시작했다. 그러나 얼마 뒤 내 마음은 다시 서울로 되돌아오지 않을 수 없었다. 또다른 누군가가 "충무엔 군대가 많아요"라고 하는 말을 들었던 것이다. 군대와 공해가 없는 곳에서 산다는 게 내 꿈의 원칙이었기 때문이다.

어느 날 한 여자가 낡은 은색 자전거를 타고 소도시의 구석진 거리들을, 그리고 과거시제와 현재시제 사이를 한없이 배회하는 안개 같은 소설을 읽었다. 그 소설을 손에서 놓았을 때 나는 이미 고도古都 경주의 어느 거리에서 천천히 자전거 페달을 밟고 있었다. 고등학교 시절 수학여행 길에 들렀을 때 나는 경주가 자전거를 타고 다니기 좋은 도시라고 생각했던 것이다(그 당시 나는 자전거 타는 법을 배우려 노력하고 있었다. 결국 배우진 못했지만).

또 어느 날, 농업연구소에 다니는 모씨와 함께 점심식사를 할 때, 그가 "이 호박도 오이도 시금치도 다 믿을 게 못돼요, 모두 농약에 오염돼 있어요. 농약의 피해를 제일 적게 입는 건 감자죠. 감자 많이 드세요"라고 말했다. 그 순간부터 나는 감자가 많이 나는, 그리고 공해에 가장 덜 오염되었을 것 같은 강원도 산속에 가서 사는 꿈에 열심히 달라붙기 시작했다.

구체적인 지명까지 동반되는 그러한 꿈들은, 글쎄 모두 합해 열 개쯤 될까? 그러나 나는 그 꿈들을, 그 꿈들이 피어오르는 짧은 기간 동안의 즐거움밖엔 누리지 못한 채 모두 포기해야 했다. 그것은 한마디로 먹고사는 문제 때문이었다.

농사를 지을 수도 없고 육체노동을 할 수도 없는 내가 하루 대부분의 시간을 바쳐서나마 다달이 월급이라는 형식으로 돈을 손에 넣을 수 있는 곳도 서울뿐이요, 직장을 갖지 않을 경우 번역문이 쓰인 원고지를 지폐로 바꿀 수 있는 곳도 내겐 서울뿐이기 때문이었다.

그래도 취직을 하지 않고, 배를 깔고 누워 쉬엄쉬엄 번역이나 할 때 그런 꿈들은 느긋하고 한가로운 것들이었다. 하지만 얼마 전에 취직을 하여 아침이면 아홉시까지 어김없이 출근해야 하고, 저녁이면 파김치가 되어 돌아와 한두 시간 비몽사몽간에 누워 있다 다시 제정신을 되찾는 생활을 하다

보니 그 꿈들이 어느 때보다도 더욱 절실하게 되살아난다.

그래서 이따금씩 나도 모르게, "해남은 땅 한 평에 얼마쯤 할까요? 삼천포에 집 한 채를 마련하려면 얼마쯤 있어야 할까요?" 하고 옆 사람에게 물으면, 날 이상한 눈으로 바라본다.

올겨울 나의 꿈은 드디어 가장 멀리 제주도까지 날아갔다. 유난히도 춥고 유난히도 몸이 아픈 이 겨울, 영하 20도를 향해 곤두박질치는 이 서울이라는 세상에서 볼 때, 아나운서의 말에 의하면 "10여 년 만의 강추위로 영하 4도(!)까지 내려갔다"고 하는 제주도란 곳은 얼마나 따뜻한 나라냐!

내가 자꾸만 서울에서 멀리 떠나 사는 꿈을 꾸는 것은 혹시, 서울에서 잘살지 못하는 나의 무능력을 '전원으로 돌아가자'라는 능동적 의지로 위장하기 위한 것이 아니냐 하는, 슬며시 솟아오르는 의혹을 그러나 발뒤꿈치로 슬쩍 뭉개버린 채, 나는 여전히 눈물나게 따뜻한 나라 제주도의 꿈에 코를 처박고 있는 중이다.

내가 이 꿈에 지칠 무렵 아마도 봄은 올 것이다. 아니 봄이 올 무렵 이 꿈은 그칠 것이다. 그때까지 이 꿈의 이불을 덮고 가상의 온기라도 누리는 편이 더 낫지 않겠는가?

(1985)

둥글게 무르익은 생명

열매라고 하면 먹보인 나는 온갖 열매들이 갖고 있는 아름다운 빛깔과 향기보다는 우선 입에 넣고 먹는 과일들을 연상한다. 그러나 과일들도 우리 어릴 적과는 많이 달라진 것 같다.

어느 해 가을인가 나는 사과의 씨앗이 비타민과 미네랄의 보고라는 정설인지 낭설인지를 믿고서, 사과를 먹을 때는 맨 안쪽의 씁쓰레한 씨앗부터 먼저 먹곤 한 적이 있었다. 그런데 크고 잘생긴 탐스러운 사과의 경우엔, 씨의 숫자가 적을뿐더러 하얀 알맹이가 들어 있지 않은 빈 깍정이인 게 대부분이었다. 반면에 작고 못생긴 주근깨투성이의 사과들은 그 안에 단단하고 알찬 씨앗들을, 그것도 많이 간직하고 있었다. 아마도 그런 차이는 농약의 혜택을 더 받고 덜 받은 것에서 오는지도 모른다. 그리고 요즈음의 과일들은 우리가 어릴 적에 먹고 자랐던 과일들과는 비교가 안 될 만큼 커졌다. 농약 덕분에 해충의 피해 없이 무럭무럭 자라기 때문인지도 모른다. 농약을 듬뿍 먹고 무럭무럭 자란 과일들을 먹으며 우리 아이들이 무럭무럭 자라고 우리가 무럭무럭 늙어간다. 무럭무럭의 환상.

또하나, 어릴 적엔 그림책에서나 볼 수 있었던 혹은 비싸고 귀했던 과일들이 아주 흔해지는가 하면 예전엔 흔했던 과일들이 어느 사이엔가 차츰 사라져버렸다.

이젠 아주 아득한 옛일이라 잘 생각나지도 않지만, 어느 해인가 국민학교도 들어가기 전의 꼬마였던 나는 동네 오빠들을 따라 아주 깊은 산속까지 들어가 개암을 처음으로 나무에서 직접 따먹는 경험을 했다. 지금은 개암이 정확히 어떻게 생긴 것인지 어떤 맛인지조차 완전히 잊어버렸지만, 개암나무들이 있는 깊은 산속으로 들어가기 위해 동네 오빠들과 함께 철벅거리며 계곡물을 건너가던 일과, 입안에 넣고 깨물 때의 '딱' 하는 그 상큼한 소리만은 잊히지 않는다.

또하나, 이맘때쯤 생각나는 것은 시골집의 감나무와 고욤나무이다. 할머니가 시집오기 전부터 있었다는 감나무는 가을이면 어김없이 우리에게 수백 개의 붉은 감을 선사했고 그래서 우린 해마다 커다란 독에 감들을 넣어 얼렸다가 심심한 겨울밤에 한 양푼씩 꺼내다 먹곤 했다.

그리고 마당 한 귀퉁이에 우뚝 서 있었던 고욤나무. 나무 타는 재주를 갖지 못했던 나는 벼 타작하는 날을 기다렸다. 탈곡기에 벼를 털리고 난 볏단들이 차곡차곡 쌓이고 쌓여 고욤나무에 닿을 만한 높이가 되면 사다리를 밟고 올라가 맨손으로 까치발도 하지 않고 고욤을 따던 일. 마당을 내려다보면 털린 벼들이 수북이 쌓여 있고 고개를 들면 시야 가득 푸른 하늘, 떠가는 흰구름, 떠도는 고추잠자리들. 먹지 않아도 배부른, 그 넉넉한 풍요로움.

옛날엔 인간과 대지의 열매 사이엔 자연의 품이 있었다. 아늑한 자연의 품안에서 인간은 무르익은 열매의 아름다움을 즐기고 그 맛을 즐겼다.

그러나 이제 그 사이엔 자연의 매개가 없다. 어디선가 보이지 않게 대량으로 생산된 뒤 대량으로 수송되어 온 것들을 돈 주고 거리에서 시장에서 사 먹을 뿐이다. 과일이 나무에서 자라나는 게 아니라 과자처럼 커다란 공장에서 기계로 만들어내는 것이라 말한다면, 아마 아주 어린아이라면 그 말을 믿을는지도 모른다.

그러나 그래도 역시 과일들은 공장에서 만들어지는 게 아니라 우리가 볼 수 없다 하여도 어느 대지엔가 뿌리박은 나무 혹은 풀에 달려 햇빛과 공기와 빗물을 먹고 자라난다. 그리고 그러한 사실이 토마토 한 줄기에서 수천 개의 우량 토마토를 얻을 수 있다는 이 유전공학의 시대에 조금은 위안이 되기도 한다.

이제 무르익은 가을의 한중간, 지상의 식물들은 그 둥근 완성을 위하여 보이지 않게 땀흘릴 것이고, 이름 없는 무수한 풀과 나무도 머잖아 저마다의 크고 작은 그해의 열매들을 떨굴 것이고, 그리고 한 해의 시간 자체가 커다란 둥근 열매로 익어 마악 떨어지려 하는 것 같다. (1985)

짧은 생각들

밤마다 그토록 울어대던 풀벌레 울음소리도 알지 못하는 새 끊겨버리고, 아침 출근길에 느닷없이 낙엽들이 발목을 휘감고, 바람소리가 차츰 드세지고, 그러다 어느 날 문득, 무슨 깨달음처럼, 캘린더의 마지막 남은 한 장이 의식 속으로 날카롭게 파고든다. 가을에서 겨울로, 그리고 한 해의 끝으로 이어지는 과정은 해마다 그러하다.

올해는 죽음에 관한 보고들이 내게 유난히 많이 접수된 해였다. 예전에는 친구들, 그저 아는 이들의 결혼 소식이 해마다 몇 건씩 접수되고, 그다음에는 결혼한 그들이 낳은 예쁜 아가들의 백일잔치나 돌잔치에 초대받는 일이 많았다. 그런데 언제부턴가 그러한 즐겁고 기쁜 경사들은 내 주위에서 차츰 사라져버리고, 그 자리를 죽음의 소식과 죽음의 행사들이 차지하게 되었다.

결혼식, 장례식 같은 인간대사에 한 성숙한 개인의 자격으로 참여할 수 있을 만한 나이에 내게 처음으로 죽음이 보고된 것은 한때 기거했던 하숙집의 주인아저씨가 돌아가셨을 때였다.

그 하숙집 일가와는 아주 친한 사이여서 하숙을 옮긴 뒤에도 서로 연락을 취하고 지냈는데, 어느 날 아침잠이 채 깨기도 전에 전화벨이 울리더니 하숙집 아주머니가 침착한 음성으로 "아저씨 돌아가셨어"라고 말하는 것이었다.

실제의 죽음을 한 번도 겪어본 일이 없었던 내게, 내가 잘 아는 사람이 죽었다는 소식은 거짓말같이 들렸다. 그때 나는 너무도 믿기지 않아 "어머 농담이시겠죠?"라고 불쑥 말했다. 나중에 생각해보니 그건 얼마나 실례의 말이었던가.

그 몇 년 뒤에 나는 내 어머니의 죽음을 아프게 지켜보아야 했다. 그리고 올해 4월 초파일에는 나의 외할머니, 그러니까 내 어머니의 어머니가 돌아가셨다. 해마다 겨울이 되어 몸이 더욱 아파질 때면 할머니는 늘 버릇처럼 "내년 봄에 풀이 파릇파릇 날 때는 꼭 떠나야 할 텐데"라고 말씀하시곤 했다.

한 치 걸러 두 치라고, 어릴 적에 나를 키워주신 할머니의 죽음이었음에도 불구하고 나는 굉장히 큰 슬픔을 느끼지 못했다. 물론 슬퍼서 소리 내어 엉엉 울고 그래서 눈이 퉁퉁 붓기까지 했지만 한편으로는 어떤 안도감이 느껴지기도 했던 것이다.

늙고 병든 몸을 가지고 살아가야 하는 고통을 이젠 벗어버리고, 당신 말씀대로 풀이 파릇파릇 돋은 다음 세상을 떠나셨다는 것이, 그리고 먼저 저승에 가 있던 내 어머니가 자신의 어머니를 만나게 되어 이젠 덜 외롭겠구나 하는 생각이 슬픔 가운데서도 작은 위안이 되었던 것이다.

나 자신과 깊게 연관된 할머니의 죽음 이외에도, 나는 올해 당한 입장이 아니라 위로해주러 가는 입장에서 많은 죽음 앞으로 불려나갔다. 주로 한 사무실에서 일하는 직장 동료나 상사의 부모 혹은 형제가 돌아가셨을 때 직장 사람들과 함께 상가를 찾아 향을 피우고 술을 따르고 절을 했다.

상을 입은 사람들의 입장은 더없이 슬프지만 문상객인 내 입장에서는 별로 서러울 것도 없고, 다만 삶의 행간 사이로 언뜻언뜻 비치는 죽음의 그림자들을 곁눈질로 살피면서 짧은 한순간, 삶은 무엇이며 죽음은 무엇인가 따위의 침울한 생각에 빠지는 것뿐이었다. 병풍 하나로 죽음을 온전히 가리고 그 앞에서 이야기하고 술 마시고 고스톱을 치는 그러한 풍경들이 하나도 불경스러워 보이지 않고 오히려 우리

삶에 편안하게 만들어진, 지혜로운 죽음의 예식인 듯한 생각이 드는 것은 무슨 까닭일까. 죽음 앞에서도 인간은 항시 삶 쪽으로 고개를 돌리고 있어야 편안한 것인가. 아니 어쩌면 죽음까지도 삶의 일부이며, 삶의 자장 안에서 일어나는 일이기 때문인지도 모른다.

그런데 나라는 한 개인과는 전혀 무관하면서도 내게 어느 정도 충격을 준 또다른 죽음이 있었다. 올해 4월 19일에 나는 아는 이들 몇 명과 함께 4·19탑을 찾았다. 마침 탑 근처에서 데모가 벌어져 정작 우리의 목적을 이루지는 못했지만, 우리는 그 대신 수유리 계곡으로 올라가 저물녘까지 술을 마시며 여러 가지 이야기를 나누었다. 이 사회에 대해서, 문학에 대해서, 문화에 대해서 우리는 많은 이야기를 나누었고, 그리고 그것으로써 우리 자신이 마음 편하게 놀고먹지만은 않았다는 게 증명이라도 된 양, 흐뭇한 기분으로 헤어졌다.

그날 4·19탑을 향해 올라가는 도중에 우리는 오랫동안 만나지 못했던 나의 한 선배와 마주쳤는데, 그는 잘생긴 한 남자 대학생과 함께 4·19탑에서 내려오는 중이었다. 그 잘생긴 남학생과는 눈인사만 하고 헤어졌을 뿐인데, 후에 나는 선배를 통해 그 학생이 분신자살을 했다는 것을 알게 되었다.

그것은 충격이었다. 그 이름조차 알지 못하는, 나와는 전혀 무관한 한 젊은이의 죽음 소식에 나는 착잡해질 수밖에 없었다. 물론 피붙이들의 죽음을 접했을 때처럼 슬프지도 않았고, 내가 느낀 것은 슬픔이라기보다는 근원이 어딘지도 모를 둔하고 무딘 어떤 미미한 통증일 뿐이었다. 그 청년의 사회적 죽음은 결코 옳다고 보이진 않았고, 분명 잘못 선택한 죽음이었다. 그러나 그는 왜 잘못 선택했을까, 무엇이 그로 하여금 잘못 선택하게 만들었겠는가 하는 생각들이 오랫동안 내 의식의 언저리를 맴돌았다.

사람은 살아가면서 많은 죽음을 보고 겪게 되고, 그리고 그때마다 타인의 죽음을 통해 자신의 삶을 점검하게 된다. 나 역시 앞으로 더 많은 죽음을 보면서 나 자신의 삶을 수시로 되돌아보게 되리라. 마침내 내가 나 자신의 죽음을 보게 될 때까지. (1986)

한 해의 끝에서

또 한 해가 간다. 누군가에게는 즐거움의 해, 누군가에게는 고통이었을지도 모를 한 해가 마침내 끝나려 하고 있다.

모든 이가 저 넉넉한 자연의 품에 안겨 대지의 핏줄과 하나로 얽혀 살았던 옛날에는 자연의 시간, 자연의 리듬이라는 게 있었다. 봄에는 만물이 소생하여 싹을 틔우고, 여름에는 힘껏 수액을 빨아올려 스스로를 푸르게 살찌우고, 가을이 되면 저마다의 행복한 열매를 맺고, 이윽고 이울기 시작한다.

그러한 자연 생명계의 호흡에 맞춰 인간은 씨를 뿌리고 돌보고 결실을 수확하게 된다. 그 결실들은 그것을 맺은 식물들의 것일 뿐만 아니라, 그것을 가꾸고 돌본 사람들의 것이기도 하다. 그래서 만물이 둥글게 익고 그 무르익음의 무게를 더는 견디지 못하여 땅으로 떨어지려 할 때 사람들은 서둘러 그 대지의 열매들을 수확한다. 거두어들인 대지의 산물들을 곳간에 쌓아두고 풍요로운 추수제를 올릴 무렵, 그때가 대지와 더불어, 자연의 이치와 더불어 사는 사람들에게는 한 해의 끝이 된다. 그 한 해의 끝에서 사람들은 자신이 살아온 한 해의 의미를 더듬고, 자연에게, 신이 있다면 신에게 감사를 올렸을 것이다.

그러나 산업혁명 이후 사람들은 스스로 대지를 떠나거나 대지로부터 점차 쫓겨났다. 그와 더불어 인간은 자연의 시간, 자연의 리듬으로부터 쫓겨났다. 수많은 공장이 세워지고 도시가 생기고 사무실들이 늘어났다. 그 이후 세계 문명사는 더 많이, 더 빨리, 더 정확하게의 연속으로 이어져왔고, 그리하여 지금과 같은 시대가 되었다.

자연의 시간, 자연의 리듬, 넉넉한 자연의 품으로부터 벗어나 일과 놀이가 하나가 되지 못하는 오늘날과 같은 산업화 · 분업화 시대를 살고 있는 샐러리맨들에게는 하루하루가 똑같고, 그 하루가 모두 작은 불안, 불만과 지겨움 들로 달그락거린다. 그들은 일 전체를 통괄하지 못하고 언제나 한 부품으로서 존재하며, 다만 시간이 흐름에 따라 하위 부품에서 상위 부품으로 옮아갈 뿐이다. 그래서 날마다 새로운 술집들이 생겨나고 밤마다 그 술집들이 흥청거리게 된다.

그 하루하루를 열심히 달리다보면 알지 못하는 새에 한 해가 끝난다. 샐러리맨들에게 한 해의 끝은 눈에 보이는 풍요로운 수확을 거두어들일 때가 아니라 책상 위 달력의 마지막 장이 펄럭거릴 때이다. 그때에 사람들은 갑자기 한 해가 끝난다는 생각을 하게 되고, 그리하여 불현듯 여기저기서 수많은 망년회가 폭죽처럼 터지게 된다. 잊으라니, 무엇을! 잊을 무엇도 없이, 무엇을 잊어야 할 것인지도 모르면서 밤마다 잊고 또 잊는다.

잊어버리기에 지쳐, 마침내 몸과 마음이 쓰러져 누울 때, 그때 고요히 떠오르는 질문들이 있다. '나의 삶이 이래도 될까?' 하는 질문들이. 그때야말로 그 한 해의 삶의 의미를, 삶의 결실을 거둘 때이다. 많으면 많은 대로 적으면 적은 대로, 그야말로 뿌린 대로 거둘 때이다.

한 해의 끝에서 녹초가 된 몸, 녹초가 된 정신과 더불어 고요히 떠오를 그러한 질문에 합당한, 만족스러운 대답을 찾기 위하여, 우리는 언제나 또 한 해를 새로이 시작하는 것인지도 모른다. (1986)

비어서 빛나는 자리

무슨 이유에서든 제 집을 두고 남의 집에서 혹은 여관 같은 데서 자야 하는 밤에는 왠지 잠자리가 불편하여 쉽게 잠들지 못하고 뒤척였던 경험을 누구나 갖고 있을 것이다. 하물며 제 집, 제 나라, 제 땅을 떠나 먼 이역만리에서 생활해야 한다는 것이 얼마만한 불편과 괴로움을 가져다줄는지, 한 번도 이 땅을 떠나본 적이 없는 나로선 헤아리기 어렵다.

일제강점기 때 집과 토지를 뺏기고 그나마 자유마저 잃지 않기 위해 보따리를 싸들고 간도로, 만주로 흘러갔던 사람들은 어떠했을까. 언제 돌아올는지, 돌아오기는 돌아올는지 아무것도 기약하지 못한 채 어두운 땅, 어두운 시대를 떠나갔던 사람들. 그리고 일제 말기에 이르러 생사를 가늠할 수 없는 징용의 길을 떠났던 사람들은 아마도 밤마다, 언젠가 살아 돌아가 다시 고향땅을 밟을 수 있을 것인가 하는 불확실한 꿈에 시달리며 불안한 잠을 이루었을 것이다.

그러나 그것은 나라 없는 시절의 이야기이고 이미 넘겨진, 지나간 눈물의 역사의 한 페이지일 뿐이다.

1970년대 중반 들어 폭발적인 해외 건설 붐을 타고 수많은 사람이 이 나라를 떠나갔고, 우리가 황금 시장이라 불렀던 중동 지역으로 특히 많은 사람이 떠나갔었다. 아마도 한국 사람 중에 저 열사의 중동 땅으로 떠난 사람 한둘을 친지로 갖고 있지 않은 사람은 거의 없을 것이다.

비록 제 집 떠난 남의집살이 같은 남의나라살이지만 그것은 어두운 일제강점기, 돌아올 기약도 없이 남의 나라, 남의 땅으로 떠나야 했던 사람들의 경우와는 다르다.

그들은 확실하게 돌아오기 위해, 그것도 미래의 풍요로움을 갖고 돌아오기 위해 사막의 나라로 떠났던 것이다. 그리고 그것은 사막의 신기루를 좇아 떠난 것이 아니라, 확실한 꿈, 몇 년 뒤에는 자신의 손에 쥘 수 있는 실체가 되어 나타날 꿈을 좇아 떠난 것이다.

소박하지만 확실하고도 구체적인 그러한 작은 꿈들이 모여 작게는 한 개인과 가정의 물질적 풍요를 이룩하고, 크게는 한 나라의 부를 크게 살찌웠음을 우리는 지난 10여 년간 우리 역사에서 익히 보아왔다.

풍요로운 미래의 꿈을 믿으며, 그 꿈이 조만간 현실이 될 것임을 또한 굳게 믿으며, 그렇게 떠나고 그렇게 떠나보낸 사람들은 그러나 그 믿음에도 불구하고 조금은 쓸쓸하고 외로울 것이다. 짧은 기간 동안이나마 닿을 수 없는 바다를 사이에 두고 헤어져 살아야 한다는 것은 안타까운 일이리라.

늘상 가깝게 서로 사랑하며 함께 살아오던 사람이 어느 날 문득 그 생활의 풍경 속에서 사라져버릴 때, 거기엔 얼마만한 아픔이 따를 것인가.

그러나 사랑하는 이들의 모습이 어느 날 우리 모두의 시야에서 사라져버리는 바로 그때, 그들의 모습은 우리의 마음속에서 더욱 어여쁘게 살아오른다. 마치 벽 그 자체처럼 익숙해져버린 벽에 걸린 그림이 어느 날 갑자기 치워졌을 때 그 사라진 부재의 자리가 벽 그 자체보다 더욱 또렷하게 드러나듯, 그렇게 잠시 멀리 떠난 이들은 비어서 더욱 또렷한 모습을, 비어서 더욱 빛나는 자취를 이룰 것이다.

떠날 때와 마찬가지로 어느 날 문득, 그들이 돌아와 그 부재의 자리를 다시 채울 때까지. (1986)

유년기의 고독 연습

내가 태어난 곳은 충청도 지방의 조그만 시골 마을이다. 대전과 조치원 사이의 작은 마을에서 나는 약 35년 전에 태어났고, 거기서 10여 년을 살았다. 내 마음속에서 언제까지나 아늑하고 따뜻하게, 푸르게 살아 있을 장소와 시간이 있다면, 바로 내가 태어났던 그 마을, 그리고 거기서 살았던 시간들일 것이다.

당시 고등학교에 재학중이던, 나보다 아홉 살 많은 막내 삼촌 덕분에 나는 국민학교에 들어가기 전에 대충 글을 깨칠 수 있었고, 그래서 10리쯤 떨어진 학교에 입학하여 정식으로 교육을 받기 시작할 무렵에는 쉬운 책들을 제법 읽을 수 있게 되었다. 할아버지는 그게 대견스러워 동네 어른들이 놀러오시면 "우리 손녀는 벌써 글을 좌알좔 읽어요" 하고 자랑하시곤 했다.

그 당시 학교에서 공부하는 책 이외에 내가 읽었던 것은 외삼촌들이 중고등학교 때에 공부했던 국어책들과 무협지, 탐정소설, 낡은 『현대문학』 잡지들(그 글들의 의미를 그 나이에 어찌 이해했을까마는), 그리고 쑥스러운 이야기지만 정사 장면이 주로 등장하는 음란소설들도 있었다.

그런데 어느 날 나는, 내가 종래 읽었던 것과는 전혀 다른 종류의 어떤 순수한 감동을 안겨주었고 또한 분명하게 말할 수는 없지만 후일의 내게 모종의 영향을 주었음직한 한 책과 만나게 되었다. 그날 나는 다락에 올라가 무엇인가를 찾고 있었다. 그런데 생각지도 않았던 곳에서 낡은 책 한 권이 나왔다. 표지가 떨어져나가, 제목도 작가도 알 수 없는 책이었다(나중에 성인이 되어 어느 분과 이야기를 하다 그 책이 정비석의 『산유화』라는 것을 알았다. 그러나 물론, 나 자신이 그것을 직접 확인해보지는 않았기에 정말 그런지는 아직도 모르고 있다).

그것은 어른들이 말하는 소위 연애소설이었는데, 한 남자 선생과 두 여제자 사이의 삼각관계를 다룬 이야기였다. 지금도 분명하게 생각나지만, 아름답고 착하지만 가난하고 불행한 여주인공의 이름은 여옥이었고, 어떻게든 두 사람 사이를 방해하여 사랑을 가로채려고 하는 또 한 여자의 이름은 장명숙이었다(뒤에 국민학교 상급 학년에 서울 학교로 전학해 왔는데, 같은 반에 우연히 장명숙이라는 이름을 가진 아이가 있어서 그 아이를 공연히 미워했던 기억이 난다).

착한 여옥이 슬픔에 처할 때마다 따라 슬퍼했고, 장명숙이가 못된 짓을 할 때마다 얄미워 분통을 터뜨리기도 했던 나는 이 책을 읽으면서 처음으로 이성 간의 정신적인 순수한 사랑이라는 것에 눈떴다. 그리고 한 가지 결심을 했다. 나도 어서 커서 아름답고 그리고(그다음 단어가 중요하다) 슬픈 사랑을 해보리라고. 농담처럼 얘기하자면, 어릴 적의 그 결심은 후에 실제적인 결실을 거두어, 나는 첫사랑에 훌륭하게 실패했다.

그러나 남녀 간의 정신적인 순수한 사랑에 눈떴다는 게 내가 이 책을 읽고 얻은 소득의 전부는 아니었다. 오히려 그보다 더 큰 게 있었다. 그것은 고독과의 의식적인 첫 만남이었다. 그 이전에도 고독이라는 단어를 읽었는지 어쨌는지는 기억에 없지만, 그 책 속에서 나는 고독이라는 이상한 단어와 마주치게 되었던 것이다.

그 뜻을 제대로 알 리가 없었겠지만, 책을 읽어나가면서 나는 내 나름의 느낌으로 그것이 쓸쓸하다, 외롭다 등의 느낌과 어떤 연관을 갖고 있다는 것을 알게 되었다. 그리고 글

속에서 사용되는 그 어휘의 쓰임새로 보아 고독이란 어떤 아름다움, 품위를 간직하고 있는 듯 보였다.

그때부터 나는 이 고독이라는 어휘와 그것이 뒤에 후광처럼 거느리고 있는 어떤 분위기에 집착하기 시작했다. 나는 고독을 연기해보고 싶었다. 아니 이런 말이 있을 수 있다면, 나는 고독을 실행해보고 싶었다. 그렇게 하여 내 유년기 최초의 고독 연습이 시작되었다.

고독을 실행하기 위하여, 책을 읽으면서 얻었던 느낌들로 고독에 대하여 나름대로 정리를 해보니, 쉽게 알 수 있는 고독의 가장 큰 특징은 남들과 어울리지 않고 혼자 있는 것, 말을 잘 하지 않는 것, 깊은 생각에 잠기는 것, 간간이 슬픈 미소를 띠는 것 등이었다.

이런 막연한 지식을 토대로 나는 우선 집안에서부터 고독을 실행하기 시작했다. 컴컴한 골방 구석에 혼자 오래 엎드려 있다든가, 뒤꼍 감나무 그늘에 앉아 먼 곳에 멍하니 시선을 주고 있다든가, 마루 기둥에 기대앉아 뭔가를 골똘히 생각하는 체하기도 했다. 식구들이 이따금 "너 왜 그러니, 어디 아프니?" 물어오면, 나는 "아무것도 아니야"라고 말하며 슬픈 듯한 미소를 살짝 짓기도 했다.

그러나 나의 고독 실행 작업이 보다 활발하게 전개되었던 곳은 학교였다. 나의 담임선생님은 총각이었는데, 학교와 인근 여러 마을에서 꽤 존경받는 선생님이었다. 왜냐하면 유일하게 바로 그 국민학교 출신으로서 사범학교를 졸업하고 모교로 부임해 와 아이들을 열성적으로 가르치는 한편, 그곳 지역사회 발전을 위한 무슨 모임을 이끌어가고 있었던 것이다.

그 당시 시골 학교에서는 국어, 산수, 사회 등의 기본적인 중요 과목을 빼놓고는 대개 야외에서 수업을 하든가 아니면 일을 했다. 냇물에 발을 담그고 자연 공부를 한다든가 누에나 토끼 등을 돌보든가 밭에 나가 풀을 뽑거나 부근의 산에 올라 송충이를 잡거나 했다. (지금은 그 이유를 알 수 없지만) 산에 난 풀들의 씨앗만을 훑어 따 모으기도 했고, 가을에는 솔방울들을 가마니에 긁어모으기도 했다.

그렇게 교실이 아닌 야외에서 공부할 때나 일할 때가 내 고독의 연기를 펼쳐 보일 수 있는 가장 좋은 때였다. 그럴 때마다 나는 우리 반 아이들과 멀리 떨어져 깊은 생각에 잠긴 채 앉아 있거나, 누워서 풀잎을 씹으며 하늘을 멍하니 올려다보기도 했다. 그러면서 은근히 선생님과 아이들이, 자취를 숨겨버린 나의 부재 혹은 존재에 관심을 가져주길 기대했다. 그리고 나의 기대대로, 나는 이상한 방법으로나마 선생님의 관심을 끌게 되었고, 그뒤로 그 선생님의 귀여움을 받을 수도 있었다.

처음에는 어떤 이상한, 순수한 아름다움에 끌려 계획했던 나의 고독 연습은 결국 선생님과 반 친구들의 관심을 끌기 위한 수단으로 전락해버린 감도 있지만 그 의식적인 고독 만들기를 통해 고독이 어떤 것인지를 어렴풋하게나마 조금은 알 수 있었다.

하지만 유년기의 이 의식적인 고독 연습은 오래 계속되지 않았다. 그 조금 후에 나는 서울 국민학교로 전학하여 낯선 학교, 낯선 아이들 속에서 실제로 외로움을 타기 시작했고, 이 세계 속에서 독립된 개체로 성장해가면서 한 인간이 그의 삶 속에서 경험할 수 있는 온갖 종류의 고독을 '실제로' 겪기 시작했기 때문이다. (1987)

없는 숲

숲은 없는데,
숲이 없다는 것을 익히 아는데,
오늘 아침 창밖에서 느닷없이
터지는 도시 새들의 울음 소리가
내 눈앞에 천연덕스럽게
숲을, 숲의 배경을 구성해내고

미처 깨어나지 못한
내 머릿속 공장에서는 뇌세포들이
새된 새소리들을 실絲 삼아
꿈과 생시를 넘나들며
황홀한 환상의 숲을 짜고 있다.

—「없는 숲」 전문

이것은 내가 이곳으로 발작적으로 이사 오기 전에 살았던 집에서 쓰인 시이다. 그 집에 두세 그루의 나무가 있어, 아침에 참새떼가 몰려와 울어대는 소리에 잠을 깨면서 이 시를 썼던 것이다.

나는 충청도 산골에서 태어나, 산과 들판과 개울에 둘러싸여 행복한 유년 시절을 보냈다. 하지만 그 이후의 서울 생활은 내게 늘 절대적인 결핍감뿐만 아니라 상대적인 결핍감까지 강요했고, 그래서 항시 지치고 피곤할 때면 버릇처럼 시골로 돌아가고 싶다는 생각을 해왔다. 행복했던, 최소한 불행은 없었던, 혹은 어린 탓에 불행을 의식하지 못했던 그 시절 그 장소로 돌아가고 싶다는 충동을 느끼곤 했던 것이다. 그것은 아마도, 성숙한 인간이라도 이따금씩 느끼는, 따뜻한 어머니의 자궁 속으로 되돌아가고 싶다는 충동과 비슷한 것인지도 모른다.

그러나 어느 날 문득 서울 생활을 때려치우고 시골로 옮아가기란 누구에게도 쉬운 일이 아니리라. 돈을 벌기 위해 끊임없이 일을 해야 할 필요가 없을 만큼 부유한 사람이거나 아니면 가난을 포함한 모든 불편을 감당할 수 있는 아주 용기 있는 사람 외에는. 또 한 가지 어려운 점은, 침묵으로 충만한 정지된 자연은 아늑한 휴식을 마련해주기도 하지만,

어떤 때에는 무료함, 지겨움을 심어주기도 한다는 것이다. 저 시골 산간의 여름날 바람소리 한 점 없고 햇빛만 쨍쨍 내리쬐는 가운데, 모든 초록의 줄기들과 잎들은 축 늘어져 있고 정적만이 살아 더욱 팽팽해져갈 때, 심한 죽음의 공포감을 느껴본 경험을 나는 갖고 있다.

지금 내가 살고 있는 곳은 현관은 도시를 향해 있고 베란다는 시골 자연을 향해 트여 있는 집이다. 전형적인 시골 풍경은 아니지만, 낮은 산이 둘러쳐져 있고 그 아래 논과 밭이 다소곳하게 엎드려 있으며, 소나무 언덕이 있고, 그 풍경의 한쪽 가장자리에 집들이 여유 있게 들어서 있다.

나는 나의 베란다 앞에 걸린 이 시골 향취 풍기는 풍경화를 사랑한다. 그리고 15층에 살고 있는 까닭에, 비교적 아늑한 이 풍경화의 구도 내에서 동시다발적으로 일어나는 모든 움직임들과 현상들을 한꺼번에 바라볼 수 있고, 그래서 다행히도 별로 심심치가 않다. 그 안에선 언제나 자연의 변화와 함께, 삶을 위해 자연 속에서 일하는 인간들의 움직임이 있기 때문이다.

겨울이 갑작스럽게 완전히 끝났다 싶게 날씨가 화창했던 어느 날, 베란다에 서서 바깥 풍경을 바라보다가 나는 발작적으로 나가 테이블을 하나 사서 베란다에 내놓았다. 그리고 종일토록 거기 앉아, 간간이 고개 들어 풍경을 바라보면서, 책도 읽고 커피도 마시고 식사도 했다. 지금 이 글도 바로 그 테이블에 앉아 쓰고 있다.

늘 푸른 소나무를 제외하고는 아직도 모든 나무들이 헐벗은 상태이고 논과 밭도 여전히 맨땅을 드러내 보이고 있지만, 때가 되면 언제나 내 마음을 아늑하게 가라앉혀주는 푸르른 것들이 내 시야 안에서 활짝 피어나리라. 그러면 나는 조금은 행복해질 수도 있으리라. (1987)

양철북 유감

시인인 한 친구와 함께 귄터 그라스 원작의 〈양철북〉이라는 영화를 보러 갔다. 그 친구는 『양철북』을 세 번 읽었다고 했고, 명색이 독문학도였던 나는 왕년에 읽다가 덮어버렸고 그 이후로 아직 읽지 못했다. 한번 덮어버린 책은 십중팔구는 다시 들지 않는 못된 버릇을 갖고 있기 때문이다.

영화를 보는 동안, 그 영화에 대해서라기보다는 관람객들에 대해서 느낀 것이 있는데, 관람객들이 너무도 자주 웃는다는 점이었다. 웃는 게 무슨 문제랴마는, 문제는 내가 보기엔 별로 우스울 게 없어서 나 자신은 별로 웃지 못했다는 점이리라. 그런데 사람들은 왜 그렇게 자주 웃었을까? 괴기적 코미디물, 혹은 코미디적 괴기물을 보는 것처럼? 그러나 내가 여기서 얘기하려는 것은 〈양철북〉이라는 영화 혹은 소설의 내용이나 주제, 또는 미국 영화와 독일 영화의 차이 등에 관해서가 아니다. 어쨌거나 영화는 끝났다.

사람들이 미리 나가기 위해 우르르 일어서는 것을 보고서야 나는 이제 영화가 거의 끝났다는 사실을 갑자기(왜냐하면 영화가 거기서 끝나리라고는 예측하지 못했으므로) 깨달았다. 나는 이상하다는 느낌에, 『양철북』을 세 번 읽었다는 그 친구에게 물었다. "아니 이게 끝이란 말이야?" 친구의 대답은 그뒤에도 많은 얘기가 있다는 것이었다.

다음날 내가 어느 구석엔가 처박혀 있던 『양철북』이라는 책을 꺼내 펼쳐 본 것은 그다음 이야기가 어떻게 이어지는가를 대충 알아보기 위해서였다. 영화는 소설의 제2부에서 끝난 것 같았다. 마지막 제3부를 내가 직접 읽어야 할 판이었다.

그런데 무심히 책장을 뒤적이다 무엇엔가 맞닥뜨려 나는 1초 동안 실신했다. 뒤표지 안쪽에 볼펜으로 쓰인 그 익숙한 글씨체 때문이었다. 글씨체를 옮길 수는 없지만, 한국어와 외국어가 뒤섞인 그 글자들을 그대로 옮겨보자.

①Dostoevsky, 〈죽음의 집의 기록〉 및 기타 그의 작품 ②Mann, 〈Der Tod in Venedig〉 ③History of America ④李基白, 〈韓國史新論〉

다섯 자 여덟 치/내 뼈를 누일 곳 없어/빗발 스며드는 고분古墳 속에 누웠다./곰팡의 색깔은 요염하고/그 속에서는 역사의 냄새가 난다./75년 5월.

만 13년의 세월을 쏜살같이 거슬러올라와 느닷없이 내 뒤통수를 치는 이것은 무엇인가? 1975년 1월, 졸업을 한 달쯤 앞둔 대학생 청년이 간첩 혐의로 체포되었다. 그는 밤에 애인과의 데이트 후 집으로 돌아가는 중에 노상에서 체포되었다. 뒤에 옮겨 적은 글들은 간첩 혐의로 체포된 그 청년이 1975년 5월 자신의 독방 안에서, 자신에게 차입되었던 『양철북』이라는 책을 반환하면서 그 뒤표지 안쪽에 편지처럼 써넣은 글들이다.

그리고 그 책을 차입해주었던 사람은 바로 나였다. 번호가 매겨진 부분은 다음 차입시에는 그 책들을 넣어달라는 뜻이고, 나머지 부분은 자신의 심경을 시처럼, 넋두리처럼 적어본 것이리라. 1975년은 그 청년에게는 물론 내게도 엄청난 양의 절망의 피를 흘리도록 강요했던 한 해였다(그때 그 절망적인 체험의 한가운데서 나는 내 데뷔작들 중의 하나인 「이 시대의 사랑」이라는 시를 썼고, 다시 7년 뒤 그때의 체험을 뒤돌아보며 「197×년의 우리들의 사랑」이라는 시를 썼다).

그 옛날의 고통들이 생생하게 되살아날 것만 같은 불길한 예감에 나는 그 글씨들이 보이지 않도록 책을 덮어버렸다. 그리고 앞표지만을 멍하니 바라보았다. 그런데 그 표지 위에도 아직 다 지워지지 않은 고통의 자취가 또하나 남아 있었다. 그것은 검은 색연필로 쓰인 1212라는 숫자였다.

13년의 세월에 그 검은색은 많이 지워져 있었지만 내가 충분히 알아볼 수 있을 만큼은 집요하게 남아 있었다. 지금 내 기억이 아주 정확하다고 맹세할 수는 없지만, 1212라는 숫자, 그것은 그 청년의 죄수번호였다. 역시 『양철북』은 나로서는 못 읽을 책이라고 생각하며 후닥닥 일어나 책을 본래의 자리에 보이지 않게 처박아버렸다. (1988)

3부

한 게으른 시인의 이야기

폭력을 넘어서

한 사회가 전반적인 억압 구조 속에 놓여 있을 때, 특히나 그 구조 안에서 발생하는 억압 현상을 해소시켜줄 제도적 장치가 없을 때, 그 보이지 않는 억압에 대한 저항적 반응은 문화의 장場 안에서 문화적 형태로 나타나기 쉽다. 그리고 현실적 억압 구조로부터 가해지는 보이지 않는 폭력이 심화될수록, 거기에 대처하기 위해 문화권 안에서 자연발생적으로 나타나는 힘 또한 거세어지기 마련이다. 억압 구조로부터 가해지는 폭력을 강제적 작용의 폭력이라 한다면, 문화권 안에서 일어나는 힘은 거기에 대항하기 위한 반작용의 폭력이라 할 수 있을 것이다. 물론 문화적 반작용의 폭력은 현실적·물리적 폭력이 아니라, 억압당하지 않으려 저항하는 힘 자체를 말한다. 따라서 그러한 문화적 반작용의 폭력은 어떤 의미에선, 생존권을 잃지 않기 위한 일종의 정당

방위의 폭력이라고 할 수 있다.

강제적 작용에 대항하는 문화적 반작용의 폭력은 지난 1970년대의 문학권 안에서는 활발한 비평 활동의 전개와 더불어 적지 않은 훌륭한 문학작품들로 승화되었고, 또한 가장 중심적인 문화적 기류로 등장하면서 '운동'이라는 공식적인 이름으로 불려왔고, 그리하여 1980년대에 들어서는 문화의 각 부분에서 똑같은 방향성을 갖고 움직이는 막강한 운동체로서 군림하고 있다. 물론 1980년대엔 좀 다른 양상이 전개된다. 그것은 운동의 확산, 저변확대를 위한 정열적인 노력이다. 한정되고 의식화된 계층을 넘어서, 기존 매체 수용 능력에 모자람이 있거나 혹은 기존 매체에 익숙지 않은 계층까지 운동을 확대시키고자 하는 노력이다. 운동의 확산, 저변확대를 위해선 필연적으로 매체의 문제가 등장하지 않을 수 없다. 기존 매체만으로는 운동 확산의 속도가 느리거나, 한정된 기존 매체 수용층에서 정체될 우려가 있기 때문이다. 그런데 이 기존 매체와의 싸움은 이중적이다. 그것은 운동 확산의 가속화에 비능률적이라고 생각되는 기존 '표현' 매체와의 싸움이며, 다른 한편으론 제도화된, 관례화된, 상업화된 기존 '전달' 매체들에 대한 싸움이다. 그것은 거의 동시적으로 일어나고 있는 것처럼 보인다. 한 장르 내에서 기존 형식의 파괴, 한 장르와 다른 장르 간의 제휴 혹은 서로 넘나듦, 소집단 운동, 집단 창작, 현장 문화 강조 등의 현상과 시각화·청각화·집단화·생활화의 경향을 보이면서, 한편으로는 기존 개개의 고유한 장르들의 운동 확산에 부적합한 한계점을 뛰어넘고자 하며, 더 나아가 기존 인쇄매체뿐만 아니라 다른 대중문화 매체들에 대해서, 그중에서도 대중 사이에서 가장 큰 힘을 행사하는, 그러나 그 관제성으로 말미암아 그릇된 효과를 불러일으킬 수 있는 텔레비전 매체에 대해서까지도 암암리에 대항하고 있는 것이다. 이 움직임이 어떠한 발전적 양상으로 전개될는지 알 수 없지만, 어쨌든 일차적으로는 그 운동이 자신의 확대를 위해 알맞은 매체를 모색하고 있다는 점에서 긍정적으로 받아들일 수 있을 것이다.

이러한 힘들이 점점 더 커져가고 있다는 사실은 뒤집어 말하자면 강제적 억압의 힘이 그만큼 증대되고 고착화되어가고 있다는 이야기가 될 것이고, 따라서 그것은 당연한, 불가피한 현상일는지도 모른다.

한 사회에 가해지는 강제적 작용의 폭력, 구조적 폭력에 대한 반응으로서 문화권 안에서 자생적으로 나타나는 문화적 형태의 힘, 문화적 반작용의 폭력이, 1980년대에 들어서서 폭력의 원래의 나쁜 의미에 가깝게, 그야말로 폭력적으로 나타난 것은 시와 평론에서인 것 같다. 1980년대 들어서 시는 요란한 양적 팽창을 보이면서 동시에 과격한 질적 변화를 드러내보였다. 과격한 질적 변화 중 가장 뚜렷이 드러나는 것은 시적 표현의 폭력화 현상이다. 그러나 그러한 현상이 긍정적으로 받아들이거나 찬양할 수 있는 것은 아니라 할지라도, 시라는 장르의 성격상 그것은 충분히 이해될 수 있는 현상이다. 왜냐하면 문학 장르 중에서 가장 비논리적이며 가장 예언적이라 할 수 있는 시가, 한 시대, 한 사회 전체에 내재해 있는 폭력적 경향들을 기존 형식의 무자비한 파괴와 폭력적 시어들 자체로 은연중에 드러낸다고 설명될 수 있으며, 또한 그것이 시의 본령에 위배되는 것은 아니기 때문이다.

그러나 그러한 폭력화 현상이 시의 전달 루트 혹은 감동 루트와는 다른 구조, 다른 성격을 가진 평론들에서까지 드러난다는 것은 심각한 현상인 것 같다. 1980년대의 비평 활동에선, 관점의 경직 자체를 넘어서서 마치 문화 특공대 작전과도 같은 반논리적 폭력을 구사하는 현상이 두드러지게 나타난다. 아무리 경직된 관점이라 할지라도 그 자체의 논리와 논리적 근거와 논리적 전개를 갖고 있는 법인데, 아예 논리적 근거나 정당성을 제시함 없이, 명분의 권위주의만으로 흠씬 두들겨 패는 것이다. 이것은 문학평론만을 두고 하는 얘기가 아니며 또한 평론이라는 특정 분야만을 두고 하는 얘기가 아니다. 말하자면 한 시대의 비판적 정신 자체가 그 비판의 근거를, 논리적 정당성을 설득력 있게 제시하려는 노력과 수고 없이, 명분만을 등에 업고 일방적으로 두드려 부숨으로써 오히려 흑백논리까지 넘어선 무비판적 정신에 기여하고 있다는 얘기다.

논리적인 정당성과 근거를 제시하는 수고 없이 자신의 주장만을 외치는 무반성적인 폭력적 비판 정신이란 근본적으로는, 그렇게 하도록까지 만든 외부적 압력 구조로부터 가해지는 폭력과 똑같이 강압적이고 일방적이며 권위주의적이고 중앙집권적인 성격을 갖고 있으며, 그것은 막말로 하자면 노상강도의 폭력과 다를 게 없다. 1980년대 전반은 그러한 잘못 겨냥된 반논리적인 문화적 폭력들이 난무한 시기였다. 그것은 아마도 정치구조적 폭력이 보이지 않게 심화되어감을 반영하는 것일 수는 있겠으나, 그러나 잘못 겨냥된 폭력은 그것이 문화의 다른 갈래들에 해를 줄 수도 있다는 의미에서뿐만 아니라 그 반논리성으로 인해 애초의 목적까지 이룰 수 없을지 모른다는 우려에서, 한번쯤은 검토되어야 할 것이다. (1985)

한 게으른 시인의 이야기

시가 인간에게 무엇이 될 수 있을까.

시가 시를 읽는 사람들에게 무엇이 될 수 있을까.

시가 시를 쓰는, 시를 생산하는 사람들에게 무엇이 될 수 있을까.

시가 시를 쓰는, 시를 생산하는 수많은 사람 중의 하나인 내게 무엇이 될 수 있을까.

언젠가 시를 열심으로 읽고 외우고, 시 속의 세계로 깊이깊이 가라앉곤 하던 시절이 있었다. 그러던 중 어느 때부턴가 나 자신이 시를 직접 써보기 시작했고, 또 어느 때인가 얼마 동안은 나 자신이 혹 시인이 될 수 있을까 시험해보기 위하여 여러 신문사와 잡지사에 투고해보기도 했었다. 그러나 거의 대부분 예심에도 오르지 못한 채 떨어져버리고 말았다. 그리하여 그것도 집어치우고서 나는 그대로 푹푹 놀았다. 아니 몇 년간 회사에 다니면서 푹푹 썩었다. 너무나 재미가 없었다. 그러다 어느 날 회사 친구에게 "나 시인이나 되어볼까?" 하고 말했다. 친구는 적극 찬성하며 나의 시들을 타이핑해주었다. 타이핑된 그 시들을 봉투 속에 넣고 겉봉엔 보내야 할 잡지사 주소까지 써넣고, 그리고 그 봉투를 사무실 서랍 속에 잠재워둔 채 다시 몇 달이 흘러갔다. 나의 게으름—퇴근길에 부쳐야지 마음먹었다가 잊어버리고 퇴근하거나, 설혹 회사 문을 나서 계단을 내려가다 퍼뜩 떠올라도 되돌아가기가 싫어 내일 와서 부쳐야지 하면서 그냥 퇴근해버렸던 나의 불굴의 게으름 때문이었다. 그러다 어느 날 마침내 나는 그 봉투를 부쳤고, 그 시들은 그대로 잡지에 게재되었고, 그리하여 어느 날 나는 시인이 되었다. 시인이 되다니. 그것은 즐겁고 신기한 일이었다. 마치 국민학교에 처음 입학했을 때처럼 즐겁고 신기했다. 그리고 그 이후로 나는 내가 사랑했던 동서고금의 많은 시인보다도, 나와 똑같은 시대에 살면서 함께 시를 쓰고 있는 사람들, 그중에서도 나와 비슷한 연배의 시인들과 더 많은 정신적 공감을 나누고 그들로부터 더 많은 정신적 영향을 받으면서 지금까지 지리멸렬하게나마 시 창작 활동을 해왔다.

나와 아주 막역한 사이도 아니고 전혀 막연한 사이도 아닌 사람들 중에서는, 어쩌다 이따금씩 나와 마주치게 되면, "요즘도 시 열심히 쓰시고요?"라고 묻는 사람들이 더러 있다. 나는 "열심히 쓰는 사람이 못 돼요"라든가 "잘 써져야 열심히 쓰지요"라고 대답하는데, 내게 그렇게 묻는 사람들은 나를 시만 열심히 쓰는 사람으로 착각하고 있는 경우가 대부분이다. 고마운 착각이긴 하지만 나는 시를 열심히 쓰지도, 시에 관해 열심히 생각하지도 않는 시인이다. 고백하자면, 나는 너무너무 게으른 시인이다.

어째서 열심히, 열정을 갖고 쓰지 못할까. 그것은 아마도 내가 시에 대해, 그리고 시를 쓴다는 것에 대해 아무런 믿음도 아무런 희망도 갖고 있지 못하기 때문일 것이다. 물론 이 말은 시가 한 개인 혹은 한 시대, 한 사회 내에서 어떠한 힘도 미칠 수가 없다고 믿는다는 뜻은 아니다. 분명 시는 어느 시대, 어느 사회에서나 개인에게서 개인에게로, 그리하여 무수한 다수에게로 전달되고 유통되고 순환되면서 그것을 수용하는 개개인에게, 그리고 그 개개인으로 이루어진 사회에 어떤 힘, 어떤 작용을 미칠 것이다. 그러나 시가 정작 그 시를 생산해내는 당사자에게는 어떤 힘을 발휘할 것인가.

물론 그것은 시 생산자인 시인 개개인에 따라 다를 것이다. 내가 시에 어떠한 믿음, 어떠한 희망도 갖고 있지 않다고 말하는 것은 나의 시 쓰는 행위 자체에 대한 것이다.

시를 쓴다는 것이 그 창작 행위를 하는 사람에게 어떤 구원과 희망을 줄 수 있을까. 오로지 나 자신에게만 국한시켜 말하자면, 시 쓰는 것이 어떤 구원과 희망을 줄 수 있다고 믿기에 나는 너무나 심각한 비관주의자이다. 그래서 시에 가히 종교적·신앙적이라 할 만한 믿음과 열정을 갖고 있는 사람들, 마치 시라는 제단에 자신의 온몸과 온 정신과 자신의 생애를 바치는 듯한 경건한 자세를 갖고 있는 사람들을 접할 때면, 나는 내 꼬리에 달린 시인이라는 꼬리표가 심히 부끄럽게 느껴지기도 하고 어색하게 느껴지기도 한다. 시를 쓴다는 것이 만약에 내게 무엇이 될 수 있다고 한다면, 그것은 구원도 믿음도 희망도 아니고, 다만 작은 위안이 될 수 있을 뿐이다. 내가 완벽하게 놀고먹지만은 않았다는 위안. 그러나 그것은 내 삶의 현실에 아무런 역동적 작용도 할 수가 없는, 힘없는 시시한 위안일 뿐이다.

시에 대한, 시를 쓴다는 것에 대한 믿음과 환상은 애초부터 없었다 하더라도, 그러나 최소한 데뷔 시기를 전후하여 시를 쓰고 싶다는 열정만큼은 누구 못지않게 갖고 있었던 한 시인이 어쩌다 이렇게 되어버린 것일까. 시에 대한 신앙도 믿음도 열정도 없고, 시를 쓰고 나면 다시 읽어보기도 싫고, 시를 쓰고 나서도 마뜩지가 않고, 그러면서도 결국은 뭔가 미진하고 뭔가 아쉬워서 뭉기적뭉기적 시의 자리로 되돌아오는 시인, 메마른 불모의 시인. 그런 시인은 시인으로서 존재할 가치도, 존재할 자격도 없다는 비난의 소리가 어디서 들려오는 듯도 하다. 그런데도 시를 쓰는 한 나는 시인인 것일까? 어쩌면 내 시를 읽는 독자들 중에서, "무슨 시가 이래? 맛있는 살코기는 하나도 달려 있지 않고 먹을 수도 없는 뼈다귀만 남았잖아?"라고 말하는 사람이 있을 것 같은 생각이 든다. 영양분이 담뿍 들어 있는 맛있는 살코기를 제공하지 못하는 시인. 살점 하나 붙어 있지 않고 먹을 수도 없는 불모의 딱딱한 뼈다귀만을 내놓는 시인(혹시나 그 뼈다귀를 푹푹 고아 맛있는 국물이라도 우러나온다면. 제발 그럴 수라도 있다면).

그런데 내가 아무것도 믿지 못하는 것처럼 보이는 것은 내게 단 한 가지 믿는 것이 있기 때문일는지도 모른다. 그 점에서 보자면 나는 낭만주의자이다. 그러나 그 단 한 가지가 결코 실현될 수 없는 것임을 나는 안다. 그래서 나는 내가 믿지 않는 것들 속으로 천연덕스럽게, 어기적거리며 되돌아온다. 그 점에서 보자면 나는 낭만주의자가 아니다. 내가 낭만주의적 사실주의자, 혹은 사실주의적 낭만주의자가 될 수 있었다면, 어쩌면 나는 시를 쓰지 않을 수도 있었을 것이다. 행복하지는 못하더라도 최소한 행복에 대한 믿음이 있었다면, 그 믿음만으로도 나는 시를 물리칠 수 있었을는지도 모른다.

실은, 편집자의 요청은 체험적 시론을 써달라는 것이었다. 그리고 나 자신이 최소한 10년 이상은 시를 썼으니, 보잘것없으나마 그래도 분명 나름대로의 시론을 갖고 있기는 갖고 있을 것이다. 그런데 그것을 글로 짜고 꿰매기가 힘들고 귀찮을 것 같아서, 너무도 게으른 시인인 나는 그냥 퍼질러 앉아서 수다만 떨어버린 것이다. 물론 이 구제불능의 게으름은 나의 비관주의 혹은 패배주의와 상당히 깊은 관계를 갖고 있겠지만. (1989)

1980년대의 시에 관하여

1980년대는 그 짧은 10년 동안에 이미 두 세대를 탄생시켰다. 그 두 세대의 분기점은 1985년경으로 볼 수 있고, 시집들을 중심으로 말하자면 1980년대 앞 세대는 이성복의 『뒹구는 돌은 언제 잠 깨는가』(문학과지성사, 1980)로, 뒤 세대는 장정일의 『햄버거에 대한 명상』(민음사, 1987)으로 열렸다고 할 수 있다.

1980년대 앞 세대의 가장 큰 특징은 기존의 모든 권위적인 것들에 대한 철저한 파괴였다. 그 파괴의 힘은 어디서 나온 것인가. 이들은 우리의 최근 세사에 있어서 정치 · 경제 · 사회적 모순들이 가속도적으로 누적 · 확대되는 모든 단계를 체험하면서 소년기와 청년기를 보냈고, 그 과정에서 빈자와 부자, 농촌과 도시, 자연과 문명, 이상과 현실 간의 가속도적으로 멀어져가는 거리를 직접 느끼고 의식하면서 성장했다.

그리하여 어른이 된 그들이 각기 어떠한 현실을 갖게 되었든 간에, 그들의 의식과 감수성은 항시 그 대립적 항목들 간의 불편한 긴장 관계 속에서 움직이게 되었다. 따라서 이들의 시는 근본적으로 갈등 구조 위에 서 있으며, 그들의 파괴적 에너지, 바꾸어 말하자면 그들의 표현상의 가열함과 치열함과 혹독함은 바로 그 대립적인 항목들 간의 부대낌과 맞부딪침에서 발생된 것이다.

그들보다 약간 늦게, 안재찬을 중심으로 한 또다른 시인들이 등장했다. 그들은 앞서 말한 시인들의 긴장·갈등·대립의 구조를 완벽하게 해소시켰다. 가령 자연 대 문명의 관점에서 보자면, 그들은 그 두 대립항 중에서 문명을 아예 없앴을 뿐만 아니라, 자연을 가공의 자연으로 대체시켰고, 따라서 완벽한 가공의 조화만이 남게 되었다.

1980년대 뒤 세대의 경우 역시, 앞 세대의 불편한 긴장·갈등 구조적 의식과 감수성을 또다른 방식으로 뛰어넘었다. 예를 들어 앞 세대가 자연과 문명 양쪽을 각기 한쪽 발로 굳게 밟고 서 있었다면, 이들은 자연을 밟고 있던 한쪽 발이 다른 한쪽 발이 놓인 문명의 영역으로 이미 옮겨져 있는 상태이다. 앞 세대에게는 안티테제였던 것들이 이들에게는 테제인 동시에 안티테제가 되어 있거나, 혹은 테제와 안티테제가 같은 자장 안에 놓여 있고, 따라서 둘 사이의 긴장관계는 애초부터 존재하지 않거나 아니면 하나가 다른 하나에게 압도 · 매몰 혹은 동화되어 있다. 그들의 시에는 명시적으로든 묵시적으로든 가치 대 가치의 싸움, 혹은 한 가치에 대한 옹호나 비판 등의 양상이 별로 보이지 않는다. 그것은 그들의 시가 근본적으로 동화 혹은 매몰의 구조 위에 놓여 있다는 말이다. 그러나 역으로, 그들은 우리가 우리의 현실 속에서 익사하는 줄도 모르면서 익사해가고 있음을, 바로 그러한 동화 혹은 매몰의 상태로써 그 어느 세대보다 더욱더 적나라하게, 세밀하게, 일상적으로 보여주고 있다.

이 두 세대는 서로 이질적이지만, 동시에 공통된 특징을 갖고 있고, 그것은 가장 광범위한 의미에서 해체라는 용어로써 설명될 수 있는데, 이들은 바로 그 해체를 통해서 서로 비슷한 방식으로 아니면 상이한 방식으로 나름대로의 기여를 했다. 그러나 지금에 이르러서는 그것의 부정적인 측면들 또한 주목할 만한 양상으로 나타나고 있는 것 같다.

1980년대 초 시단에서는 시가 양산된다, 장시가 많이 나온다, 시가 산문화되어간다는 지적이 나왔다. 그리고 그 지적은 지난 10년간 우리의 시작 활동들을 정확하게 내다본 것이었다. 그중에서도 가장 핵심적인 것은 산문화라는 말인데, 이 산문화라는 요인 속에 지금 우리 시단에서 두드러지게 나타나고 있는 현상들의 거의 모두가 수용될 수 있기 때문이다. 그 현상들로는 시의 내용과 형식에 있어서의 전반적인 흐트러짐과 풀어짐, 한 시인이 생산하는 작품량의 증가, 종래의 관점에서 보자면 비시적非詩的인 요소들의 도입, 특히 이야기적인 혹은 희곡적인 요소의 도입, 시 어법의 일상화, 비속화, 요설화 등을 들 수 있다. 그리하여 데뷔 몇 년 만에 몇 권의 시집을 가진 시인들이 나타나고, 한 시인의 시가 텔레비전 드라마로 극화되기도 한다. 그리고 전반적으로 시들이 재미있어졌다. 빠르고 가볍고 탁탁 튀는 시들이 독자에게 새로운 읽는 재미를 선사한 것이다. 그러나 아이로니컬한 것은, 그것이 대체로 읽는 순간의 재미일 뿐이라는 것이다. 읽는 재미는 생겼으되 느끼는 재미는 줄어들었다. 크든 작든, 호화롭든 조촐하든 나름대로 정서의 공간을 독자의 마음속에 만들어주고, 그리하여 어느 상황에선가 문득 그 시를 다시 찾아 읽게 만들거나 혹은 우리의 가슴을 절절히 치면서 기억 속에서 되살아나는 힘을 가진 시들이 드문 것 같다. 시들은 이제 쉽게 쓰이고 쉽게 잊히고 쉽게 버려진다. 시는 이제 가십과도 같은 것이 되었고, 일회용 소비품이 되었다. 절제·압축 등은 옛말이 되었고, 장인의식은 죽고 순발력만 남았다.

그러나 이 모든 현상들은 엄밀히 따지자면 적어도 지금까지는 과過보다 공功에 속하며, 우리 시단에 실失보다는 득得으로 작용했다고 말할 수도 있다. 적어도 지금까지는. 그러나 그것들이 이미 대세를 이루고 주류를 이룬 마당에는, 이제 그것들은 긍정적인 역할보다는 부정적인 역할을 할 가능성이 크다. 그리고 그러한 현상들이 나쁘다는 것이 아니라, 그것들이 압도적인 자리를 차지하고 있는 그만큼 사실은 우리가 잃은 게 있다는 것이다. 우리가 잃은 것은 무엇이며, 산문화라는 한 요인으로 귀속시킬 수 있는 그 모든 부정적인 현상들을 극복할 수 있는 대안은 무엇일까? 내가 보기엔, 그것은 서정성의 회복일 것 같다. 아니 서정성의 회복이라기보다는 우리 당대의 새로운 서정성의 표출일 것이다. 그리고 가령, 기형도의 「그 집 앞」과 같은 시에서 그러한 새로운 서정성의 한 잠재태를(이제는 잠재태로서 끝날 수밖에 없지만) 우리는 엿볼 수 있다. (1989)

'가위눌림'에 대한 시적 저항

편집자의 요청은 '1980년대가 당신의 문학에 어떤 영향을 끼쳤으며, 당신은 그것을 어떻게 구체화시켰는가'에 답해달라는 것이었다. 내가 그러한 질문을 받을 만한 자격이 있고 거기에 답할 만한 능력이 있는 시인인가 하는 점에는 의심이 간다. 왜냐하면 나 자신이 시 혹은 시작詩作에 관하여 깊은 생각과 의식을 갖고 있지 못했으며, 나의 시들이 단순 반응적이며 자연발생적인 경우가 많다고 스스로 믿고 있기 때문이다. 이 말은 내가 머리 나쁜 시인, 혹은 공부 안 하는 시인이라는 고백이며, 또다른 한편으로는 나 자신이 의식보다는 무의식, 이성보다는 감성에 알게 모르게 더 많이 기대어왔다는 고백일 수도 있다.

처음 시인이라는 꼬리표를 달았을 때의 어색함. 시인으로서 무대에 올려졌다는 의식을 갖고 시를 쓸 때의 마음 무거움. 그러나 어쨌거나 데뷔한 지 만 10년이 흘러갔고, 3권의 시집을 내놓게 되었다. 그 기간 동안에 나는 내가 성장하면서 두루 거쳤던 동서고금의 내로라하는 시인들보다도, 동시대의 많은 동료 시인, 그중에서도 특히 나와 비슷한 연배의 시인에게서 더 많은 영향을 받아왔다.

영향이라고 말하기는 했지만 그것은 한쪽에서 다른 한쪽으로 일방적으로 가해지는 영향이라기보다는 함께 교류되는 공감대적 영향이라고 할 수 있으며, 또한 영향을 받았다고 말하는 것은 다른 한편으로, 서로 이질적임에도 불구하고 나와 비슷한 연배의 시인들이 갖고 있는 어떤 공통된 특성에 나 자신의 의식과 감수성의 일부가 깊이 연루되어 있음을 느꼈다는 말일 수도 있다. 그 공통된 특성을 나는 기존의 억압적인 것들, 권위적이고 가부장적인 것들, 인습적인 것들에 대한 거부 혹은 파괴라고 본다. 그 거부의, 파괴의 의지 혹은 힘은 어디서부터 나온 것인가.

똑같은 생각을 또다른 어휘들로 표현해야 하는 번거로움을 피하기 위해, 앞에서 썼던 나 자신의 글을 인용하자면, '이들은(나와 비슷한 연배의 시인들은) 우리의 최근 세사에 있어서 정치 · 경제 · 사회적 모순들이 가속도적으로 누적 · 확대되는 모든 단계를 체험하면서 소년기와 청년기를 보냈고, 그 과정에서 빈자와 부자, 농촌과 도시, 자연과 문명, 이상과 현실 간의 가속도적으로 멀어져가는 거리를 직접 느끼고 의식하면서 성장했다. 그리하여 어른이 된 그들이 각기 어떠한 현실을 갖게 되었든 간에, 그들의 의식과 감수성은 항시 그 대립적 항목들 간의 불편한 긴장 관계 속에서 움직이게 되었다. 따라서 이들의 시는 근본적으로 갈등 구조 위에 서 있으며, 그들의 파괴적 에너지, 바꾸어 말하자면 그들의 표현상의 가열함과 치열함과 혹독함은 바로 그 대립적 항목들 간의 격렬한 부대낌과 맞부딪침에서 발생된 것이다'.

그러한 파괴적인 갈등들이 들끓고 있는 내면 공간 위에 최후로, 결정적으로 단단하게 내리덮여 있던 것이, 유신 치하에서 가장 자유분방한 청년기의 우리에게 강요되었던 모든 압박으로 이루어진 억압 구조였다. 그 억압 구조가, 말하자면 우리가 바라보는 세계의 맨 꼭대기에 언제나 무겁게 걸려 있는 하늘이었다. 그리고 그 억압 구조는 비단 우리의 외부 현실 속에서 우리를 압박했을 뿐만 아니라, 이미 우리의 심리 속에서 그 심리의 움직임을 관리·감독·억제하는 자동 억압 장치로 변했던 것이다(1980년대가 다 저물어가는 요즘에도, 얼핏 떠오르는 생각 속 그 시대에 길들여진 자기 검열적 억제를 가하는 자신을 보고 경악할 때가 더러 있다).

앞서 내가 나와 비슷한 연배의 시인들에게서 많은 영향을 받았다고 말했던 것은, 바로 그들도 그러한 외부적 억압 구조, 그리고 그것으로 인하여 내면에 자리잡게 된 내면적 억압 구조의 압력에 시달리고 있음을 느낄 수가 있었고, 그것을 대하는 시적 대응 방식에 있어서 나의 의식과 무의식에 스며 있는 어떤 것과 매우 가깝다는 근친 감정을 느꼈다는 말이 될 수도 있다. 그 근친 감정, 근친 의식은 다름아닌 그 억압 구조 속에서 가장 예민한 소년기와 청년기를 보냈던 사람들의 무의식적인 공감대일 수도 있다. 그리고 질문의 요점과는 어긋나게 나와 비슷한 연배의 시인들에 관해 얘기한 것은, 실은 편집자의 첫번째 질문인 1980년대는(그리고 내 생각으로는 1970년대는—그 강도의 차이는 있을지라도 1980년대는 본질적으로 1970년대의 연장선상에 있으며, 나의 경우에 국한시키자면 1980년대에 발표된 시들 중 만만찮은 숫자가 이미 1970년대에 쓰였으며, 또한 대부분의 시들이 이미 1970년대에 형성된 감성·사고 체계 내에서 쓰인 것들이라고 믿기 때문이다) 당신의 문학에 어떤 영향을 미쳤는가라는 질문에 대하여, 간접적으로 에둘러 대답하기 위함이었다. 즉 나는, '1980년대는 내 또래의 시인들의 경우와 비슷하게(내가 보기에) 나의 문학(?)에 대하여 하나의 억압 구조로서 작용했다'라고 대답한 셈이 된다(그러나 이것은 사실상 두루뭉술한 대답이다. 자신의 시대와 관련하여, 그리고 그 시대 위에 좌판을 벌여놓은 자신의 삶과 관련하여, 갈등과 억압을 느끼지 않는 시인이 있기는 있을까?). 그리고 그 억압 구조라는 말을 나는 나의 개인적인 취향으로 '가위눌림'이라는 말로 바꿔놓고 싶다.

그렇다. 1980년대는(그보다 더욱, 1970년대는) 나에겐 하나의 가위눌림이었다. 물론 그 가위눌림이 나에게는 사회사적인 것보다는 개인사적인 것으로 편입될 수 있는 경우가 훨씬 더 많았다. 그러나 그 경우에도, 나의 개인사적인 시들도 사회사적인 요인들로 소급되는 게 많았다. 물론 내겐 사회사적인 안목이 부족하고, 내가 개인사적인 노래에 더 능하다는 것은 확실한 사실이다.

두번째 질문. 1980년대가 당신에게 준 그 영향을 당신은 어떻게 구체화시켰는가? 이 질문은 나에겐 난감한 질문이다. 왜냐하면 구체화시킨다는 것은 현실화(혹은 형상화)시킨다는 것인데, '어떻게'라는 방법 이전에 나 자신이 그것을 나의 시 속에서 구체화시키긴 시켰는가? 그리고 만일 그랬다면 '어떻게' 구체화시켰는가? 이 질문을 작품 생산자 자신에게, 더구나 머리 나쁜 시인, 공부 안 하는 시인임을 스스로 고백하는 사람에게 던진다는 것은 내가 보기엔 부당한 처사인 것 같다.

앞서 나는 1980년대는(그리고 1970년대는) 내게 가위눌림으로 작용했다고 말했다. 그렇다면 나는 그 가위눌림을 어떻게 구체화시켰는가? 미리 결론부터 말하자면, 나 자신이 그것을 구체화시키지는 못했던 것 같다. 다만 나는 그 가위눌림에 대하여 시적 저항을 보였을 뿐이다. 그리고 그 저항은 강한 비명과 비탄, 과격한 에너지를 가진 어휘들과 이미지들의 사용 등을 통해 이루어졌던 것 같다. 앞서 나 자신이 의식보다는 무의식, 이성보다는 감성에 더 많이 기대어 왔다고 고백한 것은, 나를 짓누르는 그 가위눌림에 관하여 그것의 실체나 구조를 이성적으로 분석한다거나 구체적으로 형상화시키지 못한 채, 무섭다고 싫다고 비명을 지르기만 했다는 점을 스스로 알고 있기 때문이다.

가위에 눌려본 사람들은 그 고통이 어떠한지 알 것이다. 내겐 잠을 청하기가 두려울 정도로 잠만 들었다 하면 가위에 눌리곤 하던 시절이 있었다(나의 데뷔 시 「이 시대의 사랑」도 그 시기에 쓰인 작품이다). 가위눌림이 장기간에 걸쳐 계속되자, 그것으로부터 깨어나는 나의 방법 또한 몇 단계로 변화했던 것이 생각난다. 첫번째 단계는, 처음부터 끝까지 공포에 휩싸인 채 본능적으로 혼신의 힘을 다해 싸움으로써, 내게 극심한 육체적 아픔을 가해오는 가위눌림 속의 그 억압자를 쓰러뜨리고 깨어나는 것이다. 두번째 단계는, 처음에는 본능적으로 온 힘으로 저항하다가 그 와중에 나 자신이 또다시 가위에 눌린 것이라는 사실을 알아차리고 그리하여 이제는 공포감 없이, 싸우면 내가 이기도록 되어 있다는 확신을 갖고 싸워 깨어나는 것이다. 세번째는, 가위눌림이 시작되자마자 그것이 가위눌림이라는 것을 의식하게 되고, 그러나 경험으로 보아 어쨌든 간에 조만간 깨어나도록 되어 있다고 생각하고서 그 억압자에 대한 저항 자체를 포기해버리고, 그러자마자 이상하게도 그 가위눌림이 서서히 풀어지는 것이다.

당대의, 그리고 개인사적인 가위눌림에 대한 나의 시적 저항의 형태는 아마도 내가 얘기한 첫번째 방법이었던 것 같다. 즉 그것이 가위눌림이라는 사실도, 그것의 실체도 명확히 의식하지 못한 채, 아픔을 가해오는 그 억압자에게 온 힘으로 저항하면서 비명을 지르는 것이다. 그 비명은 도와달라는, 무섭다는, 싫다는 비명이다. 그런데 가위에 눌려본 사람은 알겠지만, 처음에는 아무리 소리치려 해도 비명이 나오지 않는다. 그러다가 얼마만큼의 힘을 쓰며 저항한 뒤에야 비명이 터져나오고, 그것이 자신의 귀에 들리게 되면서 비로소 그 가위눌림으로부터 깨어나게 되는 것이다. (1989)

4부

모든 물은 사막에 닿아 죽는다

여자가 여자에게

남자건 여자건 일단 태어나면 원하든 원치 않든 어떤 관계 속에 놓이게 된다. 남자의 경우 태어나 처음 갖게 되는 관계에서 아들이라 불린다. 그다음에 그는 남편이 되고, 아버지가 되고, 할아버지가 될 것이다. 여자의 경우 태어나 처음 갖는 관계에서 딸이라 불린다. 그다음에 그녀는 아내가 되고, 어머니가 되고, 할머니가 될 것이다.

이 공식으로 보자면 남자와 여자 사이에는 아무런 차이가 없는 것처럼 보인다. 그러나 우리가 너무도 잘 알고 있다시피 개인적·사회적 차원에서는 엄청난 차이가 있어왔던 게 사실이다. 예를 들어 아주 오래전으로까지는 되돌아가지 않더라도 딸보다는 아들에게 더 많은 교육의 기회가 주어져 왔다. 그 결과 아들들은 사회적 관계 속으로 진입하기가 훨씬 수월했고 그리하여 그 속에서 생산적인 역할을 할 수 있었던 반면에 똑같은 교육의 기회를 부여받지 못했던 딸들은 사회관계 속으로 진입이 거의 허용되지 않았다. 따라서 여자는 처음에 아들이라고 불렸던 한 남자의 아내로서, 혹은 아들이라고 불리는 한 남자의 어머니로서의 역할에 만족하면서 애 낳는 것 이외에는 아무런 생산적인 일을 하지 못하는, 밥 짓고 빨래나 하는, 말하자면 허드렛일이나 하는 존재로 치부되어온 것이 사실이다. 여자들은 태어나면서부터 그림자로서 존재하도록 강요받아왔으니까.

물론 이제 그러한 시대는 지나갔다. 이제는 아들, 딸 할 것 없이 동등하게 교육의 기회가 부여되고 밥을 짓고 빨래하는 일이 쉽기만 한 허드렛일이 아니라는 인식도 생겨나고 있다. 그러나 동등한 교육을 받은 여자들이 생산적인 역할을 할 수 있도록 사회가 문을 활짝 열고 여자를 받아들이는 전면적인 개방의 시대는 오지 않았고, 아직도 많은 여자가 자식이나 남편의 그림자로서 살아가는, 즉 가족 관계에 국한된 생활을 이어가고 있는 경우가 허다하다.

게다가 요즘에는 여자의 적은 여자 자신이라는 지적들이 자주 나오고 있다. 외부로부터 비롯되는 사회적인 제한은 미흡하나마 차차 사라지고 있는 반면에 여자가 여자 자신에 대해 갖고 있는 의식의 변화 속도는 아주 느리고, 그래서 여자 자신의 의식이 여자의 발전적 변화를 가로막는 가장 큰 장애물로 남게 되었다는 뜻일 게다. 아직도 누구누구의 아내, 누구누구의 어머니로서 존재하는 것, 즉 그들 뒤에 숨겨진 그림자로서 존재하는 것에 만족하는 여자들이 많다. 물론 그것도 그렇게 무의미한 일은 아니다.

그러나 개인적 정체성을 가진 한 개인으로 존재하면서 동시에 그런 일을 할 수 있다면 그것이 훨씬 생산적이지 않을까. 그렇게 할 수 있는데도 자기 자신에게 스스로 제한을 가하는 것은 사회 전체로 볼 때 비생산적인 일인 동시에 어느 시점에 가서는 자신의 전 인생에 대한 회의까지 불러올 수 있다. 그때에 이르러 다행히 자신의 개인적인 정체성을 찾을 수 있는 방향으로 나아갈 여건이 된다면 괜찮겠지만, 만일 그렇지 못할 경우에는 심각한 위기에 빠질 수도 있는 것이다. 뿐만 아니라 그렇게 그림자로서 남아 있는 것, 부재로서 존재하는 것이 옳다는 낡은 생각에 그것을 자기 자신에게 강요하거나, 자기 딸이나 며느리에게까지 강요하는 여자들도 있다는 사실이 진짜 문제이다. 바로 그런 이유 때문에 여자에게 최고의 적은 여자 자신이라는 말이 나온 것이리라.

그렇다면 이제 우리 여자들은 외부적, 사회적 조건들의 개선을 위해서 싸워야 함은 물론 자기 내부의 적과 더 크게 싸워야 할는지도 모르겠다. 그리고 그 더 큰 싸움의 출발은 분명 여자 자신의 의식적 자각으로부터 시작되어야만 한다.

이젠 여자도 인간이라는 자각을 갖자. 남자의 반대편에 서 있는 여자로서만 존재할 것이 아니라 남성과 한 방향에 나란히, 동등하게 서 있는 한 인간이라는 점을 여자 스스로 깨닫자. 여자이기 이전에 한 인간으로서 당당하게 살아가자. 이전까지 'man'은 남자이면서 동시에 인간, 사람이라는 뜻을 가진 반면에 'woman'은 오로지 여자만을 뜻하는 단어였다. 그러나 이제 그런 성차별을 없애자는 전 사회적 인식 아래 인류, 인간을 뜻하는 'mankind'는 'humankind'로, 우편배달부를 뜻하는 'postman'은 'mail carrier'라는 단어로 바꿔 쓰는 추세를 보이고 있다. 우리나라의 경우 언어 측면에서는 영어권과 비교해 나은 형편이었다고 할 수 있지만, 전 사회적인 의식뿐만 아니라 여자 자신의 정체성 의식에는 아직도 더 큰 발전적 변화가 요구된다.

이젠 여자도 한 개인이라는 의식을 갖자. 이것은 여자도 인간이라는 자각을 더 발전시킨 것이라 할 수 있는데, 여자도 인간이고 따라서 개인적인 존재 근거와 개인적인 성취 욕구, 개인적인 욕망들, 개인적인 취향을 가질 수 있다는 자각에서 비롯된다. 다른 사람들의 요구와 다른 사람들의 욕망에 자기 삶을 바치라는 강요를 당당하게 거절할 수 있고 자기 자신이 원하는 대로, 자신이 옳다고 생각하는 대로 가치관과 생활방식을 떳떳하게 유지할 수 있어야 한다는 뜻이다. 여자에게 강요된 희생과 헌신의 이데올로기는 실은 기만적인 것이 아니었던가.

이젠 여자도 시민이라는 자각을 갖자. 이제는 여자들이 가족 관계 내에서만 존재하기를 벗어나 사회적 관계 속에서 존재해야 한다. 여자들 역시 적극적인 사회 구성원이 되어야 하고 사회 전체의 정의와 안녕을 지키는 데 관심을 가져야 하며 거기에 필요한 것들을 실천해야 하므로. (1995)

일중이 아저씨 생각

삼십몇 년 전의 일이다. 일중이라 불리는 사람이 있었다. 그는 내가 자란 외할머니댁의 머슴이었다. 그때 그는 이미 아주 늙은 사람이었지만, 동네 사람들은 그를 그냥 일중이라고 불렀고, 나이 어린 사람들은 일중이 아저씨라고 불렀다. 그는 외할머니댁에서 아주 오래 일했던 머슴이었는데, 외가댁 가세가 기울고 더이상 머슴을 둘 수 없는 형편이 되자 일자리를 찾아 대도시인 대전으로 떠났다. 집안에서 일중이 아저씨 모습을 보지 않고 지냈던 게 몇 년인지 몇 달인지 기억에 없다. 그 당시 나는 아주 어린아이였으니까.

그런데 어느 날인가 그 아저씨가 집으로 돌아왔다. 그동안 일중이 아저씨는 더 늙고 더 야위었고 병이 들어 있었다. 더이상 일할 수 있는 몸이 아니었다. 그는 그동안 비어 있었던 그의 방에서 꼼짝하지 않고 지냈다. 그러던 어느 날 저녁, 그가 홀연히 사라졌다. 아무에게도 아무 말도 남기지 않은 채.

집안사람들은 걱정하기 시작했다. 그가 오래 밖에 있거나 나돌아다닐 수 있는 몸이 아니었기 때문이다. 그날 밤늦게까지도 돌아오지 않자, 집안사람들이 그를 찾아나섰다. 그가 혹시 동네 길에서 쓰러졌을지도 모른다고 생각했기 때문이었다. 그러나 그는 아무데서도 발견되지 않았다.

다음날 사람들은 들판까지 그를 찾아나섰다. 그땐 나도 따라나섰는데, 웬일인지 그때 그 들판의 황량한 풍경이 아직도 기억에 남아 있다. 가을걷이가 이미 다 끝나 들판은 텅 비었고, 계절은 겨울 쪽으로 완연하게 기울었고, 당장 그날 밤에라도 서리가 내릴 것처럼 차가운 기운이 감돌고 있었다. 그때의 뭔가 텅 빈 황량한 풍경과 차가운 기운을 아직도 기억하고 있는 것은 일중이 아저씨를 찾아나섰던 집안 식구들의 걱정스러운 분위기와, 나로서는 일상적으로 접할 수 없는, 뭔가 어둡고 신비하고 무서운 일이 일어날지도 모른다는, 막연한 기대감이랄까 두려움 같은 것 때문이었으리라.

어쨌거나 결국, 해 넘어갈 무렵 사람들은 일중이 아저씨를 찾아냈다. 어떻게 그곳을 찾아볼 생각이 들었던 건지는 알 수 없지만, 사람들은 추수 끝난 뒤 냇가에 쌓아놓았던 벼 낟가리 안에서 일중이 아저씨를 발견했다. 그는 어떻게 해서인지 벼낟가리 안 깊은 곳에 들어가 죽어 있었다.

나중에 내가 할아버지, 할머니, 삼촌들의 얘기를 어깨너머로 주워듣고 종합해본 바로는, 일중이 아저씨는 더이상 일할 수 없는 늙고 병든 몸이 되고 갈 곳도 없어 우리 외갓집으로 돌아왔지만, 외가댁 사정을 보니 더 나아지기는커녕 더 나빠져서, 죽을 때까지 자신의 늙고 병든 몸을 의탁하기가 미안스러워져 벼낟가리 안에 들어가 일찍 세상을 떠나버린 것이었다.

그때까지도 나는 죽는다는 게 정확히 무엇인지 알지 못했고, 내가 잘 아는 누군가가 죽는 일을 당한 적도 없었지만, 나 어릴 적부터 알아왔던 일중이 아저씨가 벼낟가리 안에 들어가 죽었다는 것은, 그가 죽었다는 사실 때문만이 아니라, 벼낟가리 안에서 죽었다는 사실 때문에 내게 엄청난 충격을 주었다. 어린 나이이긴 했지만, 벼낟가리는 알맞은 죽음의 장소가 아닌 것 같은, 죽어가는 이에게 합당한, 예우받는 죽음의 장소가 아닌 불경스러운 장소인 것 같았기 때문이다.

하지만 죽음에 장소가 중요한 게 아니라는 것을 나는 커가면서 배웠다. 죽음은 어디로든 우리를 찾아올 수 있고, 어디로든 우리를 불러낼 수 있다는 것을.

이 일중이 아저씨의 죽음은 삼십몇 년이 지나는 동안에도 죽지 않고 내 마음속에 살아 있다. 늦은 가을 저녁, 목적 없이 드라이브 삼아 교외를 달리며 텅 빈 벌판을 바라볼 때면 언제나 일중이 아저씨의 죽음이 맨 먼저 떠오르기 때문이다. (1995)

새에 대한 환상

사람들은 난다는 것에 대한 환상을 갖고 있다. 그 환상이 새를 동경하게 만들고, 비행기를 만들어냈다. 그런데 그런 환상을 만들어내는 것은 뭘까. 아마도 그것은 먼 곳에 대한 동경 혹은 여기가 아닌 다른 곳에 대한 꿈, 뭐 그런 것이 아닐까?

그러나 그런 낭만적인 해석을 벗어나 다시 그 이유가 뭘까 생각해보면 그것은 속도 혹은 속도의 효율성에 대한 갈망 때문일 거라는 생각이 얼핏 떠오른다. 걷는 것보다는 달리는 게 빠르고, 달리는 것보다는 날아가는 게 빠르기 때문이다.

그러나 그것도 제쳐두고서 다시 한번 그 이유를 캐 들어가면 그건 인간의 편안함에 대한 갈망 때문일 거라는 생각이 든다. 걷거나 달리는 게 아니라 힘 안 들이고 운전대만 돌리면서, 혹은 물위에 가만히 떠 있기만 하면서, 혹은 깃털처럼 가볍게 하늘을 떠가면서 원하는 목적지까지 갈 수 있다는 것, 그것에 대한 갈망이 자동차와 배를 만들어내고 비행기를 만들어내고, 그리고 그것이 이번에는 그런 물질들이 아니라 새로 표현되는 어떤 정서를, 새라는 말에 자동적으로 따라오는 환상을 만들어낸 게 아닐까?

이런 걸 곰곰 생각해보게 만든 사건(?)을 나는 최근 두 번 체험했다. 그런데 그것에 관련된 새는 나는 새들이 아니라 걷는 새, 물위를 떠가는 새였다.

아주 추운 겨울날 세 사람이 관악산 등반을 했다. 그중 하나가 물었다.

"펭귄이 자기가 섭취한 총 칼로리의 70퍼센트를 어디에 사용하는지 알아?"

다른 한 사람이 대답했다.

"몰라."

또다른 사람이 물었다.

"뭔데?"

맨 첫 사람이 대답했다.

"펭귄이 자기가 먹은 음식 총 칼로리의 70퍼센트를 어디에 쓰느냐 하면…… 쓰러지지 않고 일어서 있기 위해, 몸의 균형을 잡는 데 쓴다는 거야. 걷거나 달리는 것도 아니고 다만 쓰러지지 않으려고 몸의 균형을 가누는 데 말이야."

그러자 다른 두 사람이 동시에 웃음을 터뜨렸다. 서 있기 위해, 쓰러지지 않기 위해 매 순간 정신을 집중하면서 힘을 쓴다는 건 의식조차 없이 아무렇지 않게 서 있을 수 있는 동물들에게는 어쩐지 코미디처럼 들렸기 때문이리라. 우리가 아무렇지도 않게 할 수 있는 것들이 다른 존재들에겐 때때로 아주 힘든 일일 수 있다는 것이.

다른 한 사람이 말했다.

"그럼 처음 걸음마하는 아기도 자기가 섭취하는 총 칼로리의 70퍼센트를 쓰러지지 않으려고 애쓰는 데 쓰겠네?"

소롯길을 한참 올라가던 중에 또다른 한 사람이 말했다.

"펭귄, 참 대단한 새야. 입지전적이랄까…… 입지전적인 새야."

지난여름 나는 프라하에 있었다. 원주민들은 거의 모두 다른 바캉스 도시로 떠나가고 커다란 고목나무에 자지러지듯 피어난 수많은 꽃송이 같은 관광객들이(문자 그대로 형형색색의 온갖 피부들, 형형색색의 온갖 언어들, 형형색색의 온갖 옷차림을 가진) 프라하 거리거리를 가득 메우고 있었다.

그 프라하에서 머물던 중 어느 날인가 나는 프라하 시내를 관통하는 강을 떠다니는 한 유람선에 올라탔다. 프라하는 연인들의 도시라고 불리는 만큼 그야말로 모두가 남녀 쌍쌍이거나 가족 단위인데 나 혼자만 외돌토리여서 좀 머쓱한 기분이 들어 배 안의 식당 테이블에 앉아 있지 않고 뱃전으로 나갔다.

여행 안내원의 설명이 스피커로 울려나오는 가운데 강변을 스쳐가는 그 유구한 역사를 자랑하는 아름다운 건물들을 바라보다가 시선을 뱃전 바로 아래 강물로 옮겼을 때 나는 신기한 것을 보았다. 이름은 모르지만 아마도 오리류가 분명한 새떼가 배를 따라오고 있었다. 가끔씩 빙그르르 돌기도 하면서 따라오는 그 새들을 바라보면서 어쩌면 저렇게 유유자적하고 가볍고 편안해 보일까, 사람들도 아래로 아래로 무겁게 끄집어내리는 삶의 중력에 시달리지 않고 저렇게 가볍게 스르르 미끄러져가듯 살 수는 없는 걸까, 아마 그런 생각을 하고 있을 때였을 것이다.

깃털처럼 가볍게 떠 있는 그 새들의 몸뚱이 아래, 물속에서 움직여 나아가려고, 물속으로 빠지지 않으려고 쉴새없이 바지런히 노 젓고 있는 다리들이 보였다. 강물이 맑았기 때문에 그 속에서 끊임없이 노 젓는 다리 움직임이 분명하게 보였다. 그때 그것은 나에겐 큰 충격이었다.

물위에 그냥 두둥실 떠 있거나 스르르 미끄러져 떠다니는 오리들을 볼 때마다 얼마나 한가롭고 여유 있고 가볍고 편안한 삶인가 하는 생각을 하곤 했다. 그런데 그 물밑으로 보이지 않게 그들은 중노동을 하고 있었던 것이다.

새에 대한 나의 환상은 그때 깨어졌다. 그 이후로 나는 하늘에서 날아가는 새들을 보면서 그들의 자유로움을 그리기보다는 그들 날갯짓의 중노동에 대해 더 많이 생각한다. 쉬운 삶이란 없다. 어떤 존재든 혼신을 다해서 살아가는 것이다. (1996)

H에게

—모든 물은 사막에 닿아 죽는다

1. 그 시들을 썼던 나는 누구였을까

1979년 가을쯤에 시단에 데뷔했으니까, 내 공식적 시쓰기의 역사도 20년에 가까워지고 있군. 마지막 시집을 냈던 게 1993년인데, 올해 말 아니면 내년 초쯤 새 시집이 하나 나올 것 같다. 마지막 시집을 낼 무렵에는 이미, 내 정신과 마음뿐만 아니라 몸마저도 피폐해질 대로 피폐해져 있었고, 아마도 앞으로는 더이상 시들을 쓰지 않을 거라는, 그리고 더이상 시쓰기에는 아무런 미련도 없다고 생각했던 것 같다. 오죽하면, '내 무덤'이라는 말이 들어가는 제목을 택했을까? 하긴, 그것은 내 죽음을 담은 무덤이었는지도 모르겠다.

전부 해서 4권, 약 200여 편의 시가 될 것 같은데 그 시들을 통해서 나는 참 많이 죽음을 노래했던 것 같아. 죽음만이 죽음이 아니라 절망, 고통, 아픔, 기타 등등, 행복의 감정이 아닌 것들은 모두가 죽음이지. 죽음의 서로 다른 형식들, 육체적 죽음 이전에 마음이 먼저 죽고, 마음이 먼저 죽는 그 형식들이 바로 절망, 고통, 아픔 등등 불행의 감정들이고, 그리고 그러한 마음의 죽음의 형식들을 마지막으로 물리적으로 완성시켜주는 게 육체적 죽음이라는 거 아닐까? 그 모든 죽음의 의식은 어디로부터 왔을까. 나의 경우, 그것들은 공포로부터 왔던 것 같아. 세계에 대한 공포로부터. 그걸 가장 간단하게 요약해주는 게 바로 이 시일 거야.

근본적으로 세계는 나에겐 공포였다.
나는 독 안에 든 쥐였고,
독 안에 든 쥐라고 생각하는 쥐였고,
그래서 그 공포가 나를 잡아먹기 전에
지레 질려 먼저 앙앙대고 위협하는 쥐였다.
어쩌면 그 때문에 세계가 나를
잡아먹지 않을지도 모른다는 기대에서……

오 한 쥐의 꼬리를 문 쥐의 꼬리를 문 쥐의 꼬리를
문 쥐의 꼬리를 문 쥐의 꼬리를 문 쥐의 꼬리를……

—「악순환」 전문

태어나면서부터 우리는 공포와 더불어 공포를 이겨내는 법을 배우지. 걷기 시작하는 아이는 숱하게 쓰러지는 과정을 통해서 완전하게 걸을 수 있는 기술을 습득하지만 그 과정에서 많은 공포를 체험하게 되고, 이것은 원시적 기억으로서 우리 뇌의 메모리 칩 안 어디엔가 저장되고, 이런 식의 다른 많은 과정을 거치면서 나라는 아이덴티티 개념을 쌓아가지. 어떤 면에서는 나라는 아이덴티티 자체가 공포라는 울타리를 만들게 하는지도 몰라. 나라는 아이덴티티 자체가 나 아닌 타자, 나 아닌 세계를 상정하게 되니까. 나를 세움으로써 나 아닌 것을 세우고, 그럼으로써 거기엔 공격, 희생, 아니면 공격이나 희생의 위장된 형태인 거짓 사랑(우리가 흔히 전혀 알아차리지 못하는)이나 증오라는 작용이 생겨나니까.

'나의 몸=나'라는 아이덴티티를 형성하고, 이것은 더 나아가 성장하면서 '나의 마음=나, 나의 가족=나, 나의 국가=나, 나의 전통=나'라는 아이덴티티 확장 과정을 거치게 되지. 이 과정은 세계와의 동화同化 과정이면서 동시에 세계와의 이화異化 과정이기도 해. 나라는 아이덴티티를 확립하고 넓혀가는 까닭에 끊임없는 확장과 동화의 과정으로 보이기도 하지만, 그 이면에서는 내가 나를 더욱 꼿꼿하게 세울수록 타자 또한 명확하게 경계지워지므로 끊임없는 분리, 소외의 과정이기도 하지. 하나의 확장은 또다른 수축을 이끌어오고, 하나의 결합은 또하나의 분리를 이끌어오고, 이러한 앞면과 뒷면에서 동시에 일어나는 과정을 통해서 소리 없이, 보이지 않게, 우리의 메모리 칩 안에 공포가 쌓여가지. 이 공포는 잘 드러나지 않아. 하지만 진정한 사랑이나 기쁨이나 행복이 아닌 어두운 감정들을 추적하면 그 뿌리는 이 공포에 닿아 있어. 한번 생긴 공포는 무수한 세포분열을 하며 뚱뚱하게 살찌고, 그렇게 해서 우리 존재의 바탕에 자리잡은 공포는 우리의 저 깊은 안쪽에서 보이지 않게 우리를 조종하면서 우리 삶을 이끌어가고, 그 궁극적인 목적지는 죽음이며, 거기까지 가는 동안 많은 죽음의 형식을 실험하고 시연하지. 어쩌면 우리의 삶이란 공포가 꽃수레에 올라타고 자신의 목적지인 죽음에 이르는 과정인지도 몰라. 공포가 자신의 파괴성을 못 이겨 죽음으로써 자신을 파괴해 버리기 때문이지. 한번 생겨나 확장하면서 힘을 얻은 감정은 그 자신의 힘과 무게를 주체 못해 바깥으로 쏟아져나올 수밖에 없어. 그렇게 바깥으로 쏟아져나옴으로써 생기는 갖가지 사건과 관계와 상황으로 이루어진 감옥 같은 것이 불교에서 말하는 'condition'의 정체일는지도 모르지. 그리고 그 마지막, 최후의 'condition'이 한 사건으로서의 죽음일 수도 있다. 아마도 나는 공포와 더불어 그것의 목적지인 죽음에 대해서 얼마간 본능적으로 눈치채고 있었는지도 몰라. "그래서 그 공포가 나를 잡아먹기 전에/지레 질려 먼저 앙앙대고 위협하는 쥐였다./어쩌면 그 때문에 세계가 나를 잡아먹지 않을지도 모른다는 기대에서……" 지레 질려 먼저 앙앙대고 위협하면서, 끊임없이 죽음과 불행과 절망을 토해내던 쥐, 그 쥐의 울음, 그것이 내 시들이었을까?

2. 가장 먼 외국은 마음속에 있다

1993년 마지막 시집을 낼 무렵에는 피폐할 대로 피폐해져 있었다고 말했지만, 그건 이미 오래전부터 진행되어왔던 것이고, 다만 그 무렵에는 그 피폐함을 더이상 견딜 수 없다는 생각이 들었던 것 같아. 지금 생각해보면 그것은 이중의 의미를 갖고 있는데, 하나는 정말로 삶이 너무 황폐해서 견딜 수 없다는 것이었고, 다른 하나는 그 황폐한 삶이 진짜이며 그 황폐한 삶을 살고 있는 '나'라고 하는 나가 진짜일까

하는 생각에 시달렸던 거야. 지금 시점에서 보자면, 5년 전 나는 그것을 의식하지 못했지만, 그때 있는 그대로의 나가 진짜 나인가라는 의문이 저 무의식 깊은 곳으로부터 의식을 향해 올라오기 시작했던 것 같아. 내가 나라고 믿는 내가 진짜 나인가, 나는 누구인가, 아마 그런 질문을 무의식으로부터 의식 위로 끌어내기 위한, 길다면 긴 여행이 지난 5년간의 여행이었어. 그것은 또한 죽음을 극복하기 위한, '죽음'의 죽음을 위한 여행이었다고 말할 수도 있겠지.

그 여행은 맨 처음에는 진짜 여행으로 왔어. 내 생전 처음으로 해본 외국 여행, 미국 아이오와주에서 보냈던 3개월간 다른 나라 작가들과의 공동생활은 내게는 엄청난 체험이었지. 그전에는 외국 여행은 고사하고 제주도도 못 가보았고, 한국에서 가본 곳도 다섯 손가락 안에 들 정도였다. 그 정도로 문 닫아걸고 구들장 귀신 노릇만 했으니까. 하지만 미국에서 얻었던 굉장한 체험은 "나는 변할 수 있는 인간이다"라는 것이었어. 그전에는 나는 결코 변할 수 없고, 이대로 살다가 이대로 죽을 것이며, 절망은 확고한 나의 몫이라는 생각을 갖고 살았던 것 같다. 하지만 다른 나라, 다른 사회, 다른 생활 구성원들과 함께 살면서 나 자신이 변하고 있다는 것을 느낄 때의 그 감정이란 너무도 충격적이었지. 그

때 나는 내가 몸담는 사회가 달라지면 나도 달라질 수 있다고, 한국에서 내가 달라질 수 없는 고질적인 인간이라고 느꼈던 것은 그 사회가 달라질 수 없다는 절망감의 내적 투영이었다고 결론지었지.

그렇게 해서 한국에서 살았던 40여 년 동안의 삶 체험으로 얻어진, 굳어진 세계와의 반응 방식은 아이오와주에서 깨져버렸지만, 그러나 그것도 얼마 못 가서 다시 정반대로 뒤집어져버렸어. 내가 속한 사회, 내 주위의 상황과 인물들이 달라지면 내가 달라질 수 있는 것이 아니라, 나, 나의 내부와 내면이 달라져야 내가 달라지고, 그 달라진 눈으로 바라볼 때 내가 보는 세계가 달라진다는 거였지. 그러니까 미국 사회가 한국 사회와 다르기 때문에 내가 달라진 게 아니었어. 내가 지금까지 살아왔던 방식에서 벗어나 달라지고 싶다는(더이상 죽음을 살고 싶지 않다는) 욕망이 내 안에서 이미 일어났고, 그것의 가시적 사건으로서 미국행이 주어졌다는 얘기지. 그러니까 내가 이미 내면으로부터 변하고 싶다는 욕망, 그 가능성을 믿지 않았더라면 미국에서도 나는 달라지지 않았고 그곳 세상을 다르게 보지도 않았으리라는 거야. 말하자면 바깥이 나를 가둔다에서 바깥이 달라지면 나도 달라질 수 있다로, 그다음엔 거기서 정반대로 바깥과는 상관없이 내 내부가 달라질 수 있고 오직 그것만이, 크리슈나무르티식으로 말하자면, 내부로부터의 혁명만이 나를 해방시킬 수 있다는 믿음으로 옮아간 거지.

그 일이 가능했던 것은 나의 괴상한 공부 덕분이었을 거야. 첫 외국행의 신선한 충격이 내게 자꾸 외국에 대한 관심을 일으켰지만, 가장 먼 외국은 마음속에 있다는 사실을 발견했던 거야. 가장 미지의 지역이 말이야. 미국에 가기 바로 얼마 전에 나는 혼자서 동양 점성학을 공부한 적이 있었지. 그건 그렇게 많이 재미있지는 않았어. 하지만 미국에 갔다 온 뒤, 이상한 계기들을 통해서 서양 점성학을 공부하게 되었고, 그것은 한마디로 일종의 파열이었어. 찢어져 열린다는 것. 스스로 만들고 갇혔던 감옥으로부터 갑작스럽게 나오게 되었다는 느낌, 그리고 그 문은 언제나 열려 있었다는 것. 나로부터 벗어나 나 자신을 객관적인 상태로 볼 수 있는, 나 자신에 대한 심리 분석이 시작된 것이 그때부터지. 지금 생각해보면 서양 점성학은 가장 기본이 되는 기초단계이고, 그것을 1년 정도 지속했었지. 하지만 그다음부터는 다른 신비 체계들이 밀려들기 시작했고, 연금술이니 카발라니 타로니 하는 괴상한 상징체계들 안을 대충 돌아다녔지…… 그러면서 마음이라는 게 얼마나 먼 외국이었던가를 알게 되었고, 내가 나 자신이라고 믿었던 것들, 터무니없는 믿음 체계들은 하나씩 벗겨져나갔지.

그렇게 1993년 후반부터 1997년 후반까지 살았던 4년간의 내적 체험은 그 이전의 40여 년간 살아 얻었던 심리 체험을 완전히 압도해버렸고, 다시 1997년 8월부터 읽기 시작했던 한 책(『기적수업』)은 다시 지난 4년 간의 체험마저 깡그리 압도시키는 결과를 가져왔지. 아니 그 정도가 아니라 내게서 시간이라는 개념을 철폐해버리는 결과를 가져다주었어. 이제는 더이상 시간이라는 개념을 믿지 않을 정도로.

나 자신이 놀랄 정도의 엄청난 끈질김으로, 정말 거의 하루도 빼놓지 않고 달려온 세월이었어. 그리고 이제 비로소 후유, 한숨 돌리고 좀 느긋한 속도로 나아가도 될 듯싶은 상태에 이른 거야. 그건 한마디로, 공포로부터 생겨난 죽음이라는 관념을 극복하는 여행이었어. 신화 상징적으로 말하자면 그건 자기 내부의 용과 싸우는 것인데, 내가 체험한 바로는 그 용을 만든 것은 바로 우리 자신이라는 것, 그러므로 그 용은 환영이며, 따라서 그 용과는 싸울 필요가 없다는 것, 우리가 생각으로 키워낸 것이므로 생각으로 없앨 수 있다는 것이지. 돈키호테가 자기 적으로 알고 싸워 무찌르려 했던 풍차는 실제로 적이 아니었지. 적이라고 잘못 생각했던 것뿐이야. 그 용과 싸울 필요가 없다고 해서 대면할 필요가 없는 것은 아니야. 똑바로 대면하고서, 그리고 그것이 바로 자기 자신이 만들어놓은 환영이라는 것을 확인한 후, 그것을 지워버리는 거지. 대면하지 않는 이상은 그것이 내가 만든 환영임을 알 수 없고, 그런 가운데 그 용의 환상은 점점 더 커지면서 실제적인 힘을 행사하게 되니까.

3. 죽기 전의 죽음

요번 시월에 프랑크푸르트 책 박람회에 갔었지. 홍보 팸플릿에서 한 시인 후배와 내가 각기 고른 책 중 두 사람이 똑같이 읽어볼 만하다고 체크해놓았던 것이 『죽어라! 그대가 죽기 전에Death before Dying』였지. 아직 도착하지 않아서 그 책을 읽어보지는 못했지만 소개 내용으로 보아서, 그리고 그것이 수피즘 시들이라는 것으로 보아서, 보나마나 육체적 죽음 이전에 죽음을 맞이해야 한다고, 혹은 죽음을 극복해야 한다고 말하는 책이었을 거야. 카발라가 유대 신비주의라면 수피즘은 이슬람 신비주의인데, 수피즘은 이론보다는 주로 시와 우화를 통해서 가르치지. 재미있는 것은 모든 신비 체계에는 죽음의 주제가 나오는데, 그건 바로 재탄생 혹은 부활의 주제라고 할 수 있지. 죽지 않으면 재탄생, 부활이 가능하지 않으니까. 그런데 그 경우 죽음이란 우리가 두려워 마지않는 물질적, 육체적 죽음의 극복을 뜻하고, 그건 달리 말하자면 죽음이란 없음을 깨닫는 것을 뜻하지. 육체적 죽음이 마지막 목적지로 정해져 있는 인생 프로그램에서 죽음이란 없음을 깨닫는 것, 즉 '죽음'의 죽음을 맞이하는 과정은 모든 신비 체계의 클라이맥스이고, 연금술에서 말하는 현자의 돌을 만들어내는 과정이라고 할 수 있을 거야.

수피즘 이야기 중에 이런 게 하나 있어. 세상에서 가장 높은 어떤 산꼭대기에서 흘러내리기 시작한 물은 모여 모여, 흘러 흘러 마지막으로 바다로 흘러들지. 그러나 이 물이 하는 숱한 여행 중에서 언젠가 한 번은 사막을 건너가는 여행을 하지 않을 수 없는 때가 와. 온 세상을 돌고 돌아 흐르다 마침내 사막 앞에 다다른 물은 절망하지. 달구어진 거대한 모래사막을 앞에 두고서 물은 공포에 떨어. 물이 사막을 건널 수는 없으니까. 도중에 물은 깊은 모래 속으로 빨려내려 흔적도 없이 사라질 테니까. 그때 사막이 물에게 말하지. 선택하라, 죽을 것인가, 살 것인가를. 물은 물론 살고 싶다고 말하지. 그러자 사막은 그러면 공기로 변해 하늘로 올라가라고 말해. 하지만 물이라는 육체의 아이덴티티밖에 알지 못하는 물에게는 그 물(육체) 형태를 잃는다는 것 자체가 죽음이야. 그래서 물은 더욱 공포스러워하지. 그때 허공의 보이지 않는 바람이 물에게 속삭여. "우리와 함께하라. 우리는 수도 없이 이 일을 해왔다. 우리가 공기가 된 너를 실어날라 그 산으로 데려다주마. 그러면 너는 거기서부터 다시 물이 되어 흐르기 시작할 수 있을 것이다." 하지만 생명의 내용을 알지 못하고 물(육체)이라는 형태를 생명으로 알았던 물은 자기 죽음 앞에서 선택하지 못하고 떨 수밖에 없었어. 하지만 어쩔 수 없이 선택해야 할 순간은 오고, 그리하여 그 물 중의 어떤 부분은 증발해 바람에 실려갔고, 다른 어떤 부분은 사막의 모래 깊은 곳으로 흘러들어 자취도 없이 사라지고 말았지. 그때 공기로 변하는 쪽을 택했던 물은 비로소 그것이 이것이냐 저것이냐 양자택일이 아니라 하나밖에 없는 선택이라는 것을, 그리고 모래 속으로 자취 없이 사라져 죽음을 맞이했던 다른 부분은 바로 그렇게 자기 자신으로부터 죽어 떨어져나가야 했던 부분이었음을 깨닫게 되었다는 거야. 아마 우리 인간들의 삶도 그럴지 몰라. 언젠가는 그렇게 선택하지 않을 수 없을 때가 오고, 그리고 그렇게 선택하지 않을 수 없을 때가 오는 인생이 겉으로는 무시무시하고 불행해 보일는지 모르지만, 일단 그 과정을 거친

뒤에는 그것이 오히려 축복이었음을 알게 될지도 모르지.

(1998)

최근의 한 10여 년

*

내 병의 정식 이름은 정신분열증이다.

거진 다 나았어도 아직은 약을 먹어야 한다.

12년째 정신분열증과 싸우다보니 몸도 마음도 말이 아니다.

내가 했었던 일은 어떤 비밀스러운 다리를 이리저리 둘러보는 것이었는데

그 다리는 해체를 허락하지 않았다.

내게 그 구조를 보여주지 않았다.

정신과 입원과 퇴원을 반복한 것은 한 5년.

퇴원하여 두세 달 후에 보면 약을 안 먹고 밥도 안 먹고

있는 꼴을 보게 된다. 그럴 때 외숙이 오시면 한번 휘둘러 보고 일견에 상황을 눈치채고 강제로 입원시킨다. 다시 입원하면 두세 달 후엔 좀 볼만한 얼굴이 되어 퇴원해 나온다. 이 짓을 최근 몇 년간 되풀이하고 있다. 어린아이 같은 짓을 하고 있었다.

*

내가 몇 가지 신비 체계를 공부한 것은 발병(1998년, 시집 『연인들』을 펴내던 과정 중) 5년 전부터였다. 몇 가지 체계를 기웃거려보면서(그것도 학자 머리가 아니라서 시인 머리로서 직감이 더 많이 이용되는 공부였다) 그 속에서 놀이를 하고 더 나아가 그 체계들 사이의 연관성을 캐어보는 유희에 빠져들었다. 그러나 역시 머리가 나빠서인지 별 소득은 얻지 못했다. 꼬리에 꼬리를 물고 일어나는 해소되지 않는 의구심뿐이었다.

내가 조금 끈질기게 해본 것은 동서 체계들의 연관성이었는데 처음에는 괜찮아 보였으나 그 가능성은 점차 희박해져 서로 관계가 없어 보일 정도였다. 그 점은 아마도 동양 체계들과 서양 체계들 사이에 많은 층위적 단절이 있기 때문으로 생각된다. 아무튼 그 점 때문에 더 지치기 시작했던 것

같고, 그래서 지친 심신을 위해서 'letting go'를 할 수밖에 없었다. 그런 유의 책들을 안 보기 시작한 게 꽤 되어 지금은 별로 크게 생각나지도 않지만 가끔씩 심심해지면 책들을 펴놓고 또 셈을 해보는 놀이를 하고 있는 자신을 발견하게 되는데, 이제는 그것마저 하지 않기로 마음먹었다.

*

어느 날 우연히 『노자』를 다시 읽게 되었다. 그 이전에는 신비 체계로서 신비주의를 공부했던 것인데 『노자』에 이르러서 전혀 다른 층위의 신비주의에 직면하게 되었다는 예감에 휩싸였다.

어쩌면 노자는 『도덕경』, 그 한 권의 책을 쓰기 전에 남몰래 신비 체계들을 공부하고, 그뒤엔 그것들을 초월하는 전대미문의, 층위를 전혀 달리하는 어떤 신비 사상에 도달했는지도 모르고, 그러나 그것이 무슨 소용돌이를 일으킬지도 몰라 개조극으로 만들기로 작정했는지 모른다(나의 억측). 그러면서도 그는 의식적으로 제1편을 쓰고 '1은 2를 낳고 2는 3을 낳고 3은 만물을 낳도다'라는 구절을 집어넣었는지도 모른다. 그가 다른 개조극(?)으로 전환하게 만든 것은, 신비가 중요한 게 아니라 그 요지의 여파가 중요하고, 그래서 차라리 신비를 모르는 게 낫다는 생각인지도 모른다. 그래서 우리의 현재 삶인(또한 언제까지나 그런 방식으로 영위되어갈 것처럼 보이는 미래의 삶인) 정치적·사회적·문화적 부문에 대해서 그토록 간절한 말들을 더 많이 되풀이하고 있는 것인지도 모른다. 노자의 개조극 설을 무슨 미스터리 소설처럼 곱씹다가 결국엔 그것도 'letting go' 할 수밖에 없었다.

*

나를 병에 지치게 한 것들에서 손을 뗀 지금 나는 무엇을 해야 할까. 시는 그대로 쓸 것이고, 그러나 문학으로 되돌아올 수밖에 없는 나는 이미 옛날의 내가 아니어서 다른 꿈을 슬쩍 품고 있기도 하다. 그것은 어떤 시원성始原性에 젖줄을 대고 있는 푸근하고 아름답고 신비하고 이상하고 슬픈 설화 형식의 아주 짧은 소설들을 써보고 싶다는 생각이다.

(2010)

신비주의적 꿈들

내 시집 중에 『내 무덤, 푸르고』라는 제목을 단 시집이 있다. 1993년에 출간되었는데, 왜 그런 제목을 달게 되었느냐 하면 내 시가 이젠 동어반복에 지나지 않아 시를 졸업해야겠다는 생각이 들었기 때문이다. 시인으로서는 이미 죽어 무덤에 묻혀 있는 꼴이라는 판단이 들었던 것이다.

그후에 내가 한 일은 신비주의 공부였는데, 무슨 계획 같은 것을 갖고 있었던 건 아니고 무작정 빨려들게 되었다. 신비주의 공부는 불과 5년쯤 지속되었고 그뒤부터 공부의 여파로 환청을 동반한 정신분열증에 걸려 정신과 병동을 들락거리게 되었다. 아직도 완전히 치유되지는 못해 병원 신세를 지고 있다.

신비주의 공부에는 서양 점성술, 카발라, 타로 등이 포함되어 있는데 그 공부 초기에 있었던 일이다. 감미로운(?) 신비주의 책들을 읽다가 깜박깜박 잠이 드는 게 하루에도 스무 번쯤 되었는데 그때마다 빨경 퍼렁 노랑 등 원색적이고 유치한 색깔을 가진 각종 이미지가 쏟아지는 아주 짧은 꿈을 꾸곤 했다. 심지어는 원색 한복을 입은 여자 귀신들까지도 등장했는데, 이 귀신들은 나타났다 하면 나의 집 싱크대 위에 비닐봉지에 담긴 소라, 고둥 등을 놓고 가곤 했다. 나중에 안 사실이지만 소라, 고둥은 카발라 상징체계에서는 맨 하급의 의식 상태를 상징하는 것이었다. 이런 것을 내가 카발라에 대해 알기도 전에 내 꿈이 먼저 알려주었다는 점이 재미있다. 이렇게 꿈은 예언 능력도 갖고 있다고 생각되는데, 깊은 무의식이 잠재의식을 넘어 나의 의식까지 간파하여 나오는 게 꿈이라는 걸 알게 되었기 때문이다. 칼 융이 말했던 대로 의식은 무의식이라는 빙산의 일각에 지나지 않는다는 것도 수긍이 가는 얘기다.

내가 왜 그런 꿈들을 기억하고 있느냐면 이루 말할 수 없이 유치하고 원색적인 색깔의 이미지들 때문이었다. 처음에는 조금 무섭고 두렵기도 했지만 나중에 판단한 바로는 신비주의에 입문하게 되면 개인 무의식이 개인에 내재된 집단 무의식을 소탕하는 작업이 벌어진다는 것이었다. 그렇게 해서 신비주의를 공부할 수 있는 지상 초월적 마음 태세가 된다는 것인데, 개인의 무의식에 내재된 인류의 원시적 집단 무의식을 토악질해냄으로써 그런 일이 가능하다는 것이다.

이것은 신비주의 공부 초기에 몇 달 동안 계속된 꿈들이었고, 정신분열증에 걸려 공부를 그만두기 거의 직전에 꾼 또다른 꿈이 하나 있다. 그것은 화면 전체가 세 장의 움직이지 않는 사진들로 이루어져 있는 꿈이었다. 그 세 장의 사진들 외에는 꿈 화면엔 아무런 색깔도 움직임도 없이 전체가 텅 비어 있었고 그 상태로 꿈이 계속되었는데, 다만 그 사진들을 바라보는 나의 의식이 인식될 뿐이었다.

사진들에는 각기 타이틀이 붙어 있었는데 첫번째는 '묘향산'이라는 제목이었다. 삼림이 우거진 묘향산 숲 전체에서 거대한 안개가 힘차게 뿜어올라오고 있었고 그 신비한 흰 안개의 아름다움이란 이루 말할 수가 없었다. 꿈속에서 내 마음은 그 하얗고 힘차고 거대한 안개 군단이 나의 내부에서 용솟음쳐오르는 원자력 에너지임을 감지하고 있었다. 신비주의 공부를 하게 되면, 겉으로는 사람이 의젓해지고 듬직해지는데 속으로는 이 세상 무엇에도 흔들리지 않을 어떤 거대한 힘을 느끼게 되어 일상생활에 초연해지기 마련이다. 특이한 점은 꿈속의 내 의식이 그 힘(안개)을 원자력 에너지라고 명명했다는 점이었다.

두번째 사진은 'car'라는 제목을 달고 있었다. 'car'라는 말은 알다시피 자동차라는 뜻인데, 교교한 달밤에 허공에서 윤이 나는 검은색의 커다란 자동차가 뒤집힌 채 서서히 굴러떨어지고 있는 사진이었다. 그 전체 풍경은 교교한 달빛 탓인지 한없이 풍요로운 느낌을 주었다. 자동차라는 위험한 물체가 뒤집혀 떨어지고 있음에도 불구하고, 온 세상이 잠들어 있고 달빛만이 환한 가운데, 천천히 떨어지고 있는 그 검은색 윤나는 자동차는 어떤 풍요를 약속해주는 듯했다. 꿈속의 내 의식은 한없이 취해, 천천히 떨어지는 자동차를 바라보면서, 나 자신이 알게 된 지식으로써 이 세상에 뭔가 풍요로움을 갖다줄 수 있으며 조금 험난해도 아름다운 일일 것이라는 생각을 더듬고 있었다. 신비주의 공부를 하면 자신은 속인들과는 다르고 하늘의 비밀을 알고 있다는 우월감에 취해 에고가 부풀어오를 대로 부풀어오르는 단점이 있기 때문이었다.

세번째 사진은 '압록강 오리알'이라는 타이틀로, 제목 그대로 압록강에 오리알 하나가 둥둥 떠 있는 사진이었다. 꿈속의 내 의식은 이 컷이 알 신화와 관련된 것이라고 속삭이고 있었다. 박혁거세가 알에서 태어났듯이 네가 오리알에서 재탄생하여 세상에 선을 보이게 된다는 생각을 주입시키고 있었다. 너무도 기상천외한 이야기여서 꿈속에서도 이상하다는 생각이 들긴 했지만, 그래도 어떤 자부심이 느껴지긴 했다.

그 세 장으로 이루어진 꿈을 꾼 이후 처음에는 슬며시 힘이 솟았지만 시간이 흘러갈수록, 특히 압록강 오리알의 신화는 너무도 과대망상적이라는 결론에 도달하게 되었다. 그렇다면 뭐냐. 나의 깊은 무의식이 서양 신비주의 공부는 이러저러한 위험이 있으니 압록강 오리알이 아니라 낙동강 오리알 신세를 면하려면 그 공부를 이제 그만두라고 알려주는 게 아닌가 하는 뜻으로 해석되었다. 그래서 우리의 깊은 무의식은 꿈 조작을 통해서 자기 의식에게 넌지시 뭔가를 알려준다는 생각을 갖게 되었다.

어쨌거나 그 꿈을 꾸고 얼마 후부터 아직까지 15년간이나 계속되는 환청 병에 걸리게 되었다. 그 병의 와중에 어느 땐가 『노자』를 접하게 되었는데 그 첫 편을 읽는 순간 이건 전대미문의 신비주의라는 감이 들었고 그래서 의식이 달아오르기 시작했다.

정말로 『노자』를 만나지 않았더라면 낙동강 오리알 신세가 되어 아직도 신비주의 공부를 하고 있었을지도 모른다. 내가 공부한 서양 신비주의는 주로 우주 법칙을 근거로 한 상징체계들인데 노자의 도道는 우주 법칙을 극도로 숨긴 채 정치적, 사회적 도와 개인 심리적 도를 다룬 것이었다. 그걸 읽다보니 내가 공부했던 서양 신비주의는 아이들 놀이에 불과하다는 생각을 갖게 되었다. 한마디로 아이들 구슬치기 놀이였다는 뜻이다.

처음에는 서양 체계와 『노자』를 접목시키려는 의도에서 텍스트를 부지런히 읽고 또 읽었지만 언감생심, 아무런 힌트조차 없다는 것을 절감하게 되었다. 그뒤로는 서양 신비주의 공부를 완전히 끊고서 처음에는 노자, 그다음에는 장자에 몰입하게 되었는데, 노자가 아주 노련한 미스터리 시인이었다면 장자는 강직한 드라마 작가라는 생각이 들었다. 노자가 장자보다는 훨씬 더 높은 차원에 있다는 뜻이다. 노자를 읽으면 배가 허해지고 장자를 읽으면 배가 불룩 나오는 경향이 있는데, 결론적으로 말해 장자는 사회인습론에 더욱 깊이 빠져 있는 데 비해 노자는 우주, 사회, 개인이라는 세 겹 미스터리 신비주의를 완벽하게 시적으로 소화, 전달했다는 것이다.

그러저러한 이유들 때문에 서양 신비 체계는 개인 심리에 악영향을 미칠 수도 있겠다는 판단이 들어, 가끔씩 사람들에게 신비주의를 권하던 버릇도 끊어버렸고, 나의 허망한 신비주의 공부 때문에 정신분열증이라는 병을 얻은 채로, 이제는 그나마 그 병에서 빠져나와 다시금 문학의 자리로 돌아와야 한다고 다짐하고 있다. 그래서 요즈음은 문학책들도 부지런히 읽고 있다. (2013)

시인의 말

여러 가지 복합적인 이유에서 나는, 이름하여 수필집이라는 것을 내지 않겠다고 결심한 바 있었다. 그럼에도 불구하고 이렇게 수필집을 엮게 된 것은 책세상 출판사와 나의 어떤 관계 때문이다. 좀더 정확히 말하자면 그것은 책세상에 대한 나의 채무감(번역 불이행에서 비롯된)을 덜어버려야겠다는(그것도 단시일 내에, 그리고 시간과 수고를 새로이 들일 필요 없이) 나의 얍체 같은 속셈 때문에 이루어진 일이다.

그러나 이제 이렇게 되고 보니, 이왕 수필집을 낼 것이었다면 차라리 더 빨리 냈더라면 하는 후회가 든다. 왜냐하면 여기 수록된 잡문들의 대부분이 비문학 잡지나 사보가 요구하는 바에 맞추어서 쓰인 것들이긴 하지만 그 글들에서 보이는 내 지난날의 치기 같은 것을, 오랜 세월 뒤에 모든 사람에게 그리고 무엇보다도 나 자신에게 새로이 드러내보인다는 것은 부끄러움만 불러일으킬 뿐이고, 그런 부끄러움이라면 좀더 빨리 드러내보여 지금쯤엔 그것을 다 탈탈 털어버리고 잊어버린 상태가 되었더라면 좋았겠다는 생각이 들기 때문이다. 가령 데뷔 3년 전인 25세의 나이에 모 월간지에 발표했던 한 수필을 읽다가 부딪힌, "다시 나는 젊음이라는 열차를 타려 한다"라는 나 자신의 발언에 38세인 지금의 나는 웃음이 나올 뿐이다. 25세에 자신이 조금은 늙었다는 느낌을 갖고 있었다면, 38세의 나는 자신이 이미 꼬부랑 할머니의 세계로 들어섰다는 느낌을 가져야 할 게 아닌가!

그러나 어쩌랴. 그 모든 편린이, 그 모든 편린의 집합체가 나였으니. 그러므로 이 가벼운 잡문들을 주의 깊게 읽어보아야 할 사람은 다름 아닌 바로 나 자신일 것이다.

마지막으로, 나의 부정확한 기억들에 근거하여 원고들을 찾아내느라 애쓰신 책세상 편집진에게 감사를 드리자.

1989년 11월 20일

최승자

개정판

시인의 말

오래 묵혀두었던 산문집을 출판하게 되었다.

오랜 세월이 지난 것 같다.

지나간 시간을 생각하자니

웃음이 쿡 난다.

웃을 일인가.

그만 쓰자

끝.

2021년 11월 11일

최승자

한 게으른 시인의 이야기

초판 1쇄 발행 2021년 11월 30일
초판 6쇄 발행 2022년 1월 5일

지은이 최승자
펴낸이 김민정
책임편집 김동휘 **편집** 유성원 송원경 김필균
표지 디자인 김이정
본문 디자인 유현아
마케팅 정민호 김도윤
홍보 김희숙 함유지 이소정 이미희
제작 강신은 김동욱 임현식
제작처 더블비(인쇄) 신안문화사(제본)

펴낸곳 난다
출판등록 2016년 8월 25일 제406-2016-000108호
주소 10881 경기도 파주시 회동길 210
전자우편 nandatoogo@gmail.com
트위터 @blackinana **인스타그램** @nandaisart
문의전화 031) 955-8875(편집) 031) 955-2696(마케팅) 031) 955-8855(팩스)

ISBN 979-11-91859-13-3 03810

• 난다는 (주)문학동네의 계열사입니다.
• 잘못된 책은 구입하신 서점에서 교환해드립니다.
기타 교환 문의: 031) 955-2661, 3580